Peter Grosche

Typisch Deutsch

· Zwischen Bratwurst und Bürokratie ·

AF210566

Peter Grosche

Typisch Deutsch
· Zwischen Bratwurst und Bürokratie ·

Herr Meier, die menschgewordene Gebrauchsanweisung, lebt für Ordnung, Regeln und Perfektion – oder zumindest für seine Vorstellung davon. Doch das Leben in der deutschen Vorstadtidylle hat andere Pläne: piepende Rauchmelder um 3 Uhr morgens, Nachbarn, die den Müll falsch trennen, und die epische Strandkorb-Schlacht an der Nordsee.

Mit deutscher Präzision und unerschütterlicher Sturheit stürzt sich Meier in jeden Kleinkrieg des Alltags – und verliert dabei regelmäßig gegen Bürokratie, Chaos und, na ja, sich selbst.

Unterstützt wird er dabei von seiner Frau Hildegard, die mit sarkastischen Kommentaren jedes Desaster erst so richtig unterhaltsam macht.

"Typisch Deutsch – Zwischen Bratwurst und Bürokratie" ist eine bissige Satire über das, was uns Deutsche ausmacht: die Liebe zu Regeln, die Freude am Meckern und das Talent, sich über Dinge aufzuregen, die wir selbst erfunden haben.

Ein Buch für alle, die lachen, schmunzeln und vielleicht auch ein bisschen über sich selbst nachdenken wollen – oder einfach nur wissen möchten, warum „typisch deutsch" kein Klischee, sondern ein Zustand ist.

Impressum

Text/Story:	© 2024 by: Peter Grosche
Umschlaggestaltung:	© 2024 by: Peter Grosche
Verlag:	BoD · Books on Demand GmbH, In de Tarpen 42, 22848 Norderstedt, bod@bod.de
Druck:	Libri Plureos GmbH Friedensallee 273, 22763 Hamburg
ISBN:	978-3-7597-5156-0

Inhaltsverzeichnis

Willkommen in Meierland – Wo Ordnung Chaos trifft

Willkommen, liebe Leser, in der Welt von Herrn Meier. Einem Mann, der so typisch deutsch ist, dass er selbst seinen Hausschuhen Namen gegeben hat – links heißt Ordnung, rechts heißt Disziplin.

Herr Meier lebt in der Kirchfeldstraße, einer Straße, die wie aus einem Modellbaukasten für deutsche Vorstädte aussieht: akkurate Hecken, perfekte Rasenflächen und Nachbarn, die mit der Präzision eines Schweizer Uhrwerks beobachten, ob jemand die Mülltonne falsch befüllt hat.

Meier selbst ist der ungekrönte König dieser kleinen Welt – oder zumindest glaubt er das.

Denn Meier ist kein Mann des Chaos. Oh nein. Meier ist die menschgewordene Gebrauchsanweisung.

Für ihn hat alles seinen Platz, seine Reihenfolge und – wenn es nach ihm geht – auch seine Begründung in einem Paragrafen. Doch genau das macht ihn zu einem wandelnden Magneten für Chaos.

Es ist, als würde das Universum sich gegen ihn verschwören, nur um zu sehen, wie weit seine Geduld wirklich reicht.

Ein piepender Rauchmelder? Für Meier ein Kriegsgrund.

Eine anonyme Anzeige wegen falscher Mülltrennung? Ein persönlicher Angriff.

Und der Strandkorb an der Nordsee? Meier würde eher den dritten Weltkrieg erklären, als seinen Platz aufzugeben.

Doch das Beste an Meier? Er hat immer Recht. Oder glaubt es zumindest.

Und dann gibt es Hildegard. Seine Frau. Seine Mitbewohnerin. Seine schärfste Kritikerin.

Wenn Meier ein deutscher Bürokrat wäre, dann wäre Hildegard die revolutionäre Untergrundbewegung. Mit ihrem scharfen Verstand und ihrer noch schärferen Zunge ist sie die perfekte Gegenspielerin für Meier. Sie liebt es, ihn zu reizen, seine Regeln zu brechen und ihm am Ende doch zu beweisen, dass er nur halb so clever ist, wie er denkt.

Dieses Buch ist keine Anleitung fürs Leben.

Es ist eine Sammlung von Momenten, die zeigen, wie wir Deutschen uns selbst im Weg stehen – mit einem Maßband in der einen Hand und einem Formular in der anderen.

Es ist ein Blick in den Spiegel, der uns einerseits zum Lachen bringt und andererseits zum Nachdenken, ob wir vielleicht doch nicht ganz so perfekt sind, wie wir glauben.

Denn eines steht fest:

Meier ist nicht nur ein Mann. Meier sind wir alle – oder kennen ihn zumindest.

Also schnappen Sie sich eine Tasse Kaffee, lehnen Sie sich zurück und tauchen Sie ein in die Welt von Herrn Meier.

Eine Welt voller kleiner Katastrophen, großer Prinzipien und der Erkenntnis, dass typisch deutsch zu sein manchmal Fluch, manchmal Segen – aber immer urkomisch ist.

Willkommen in Meierland.

Sie werden es lieben. Oder hassen. Wahrscheinlich beides.

Schlacht um die Heckenhöhe
Wo Krieg geführt wird und Frieden möglich wäre

Samstag, 08:47 Uhr

Die Sonne kroch über die Dächer der Straße wie ein fauler Kater, der keinen Bock hatte, sich zu bewegen.

Alles war friedlich. Keine Kinder. Keine Autos. Keine Laubbläser.

Der perfekte Morgen.

Herr Meier stand am Fenster.
Kaffee in der einen Hand, den Zollstock in der anderen.
Sein Blick? Präziser als jede Überwachungskamera.

Links: alles sauber.

Rechts: alles sauber.

Mülltonnen ausgerichtet wie Schachfiguren. Die Parklücken leer.
Ein Paradies für Spießer. Sein Paradies.

Doch dann – eine Bewegung am Ende der Straße.
Ein Schatten.

Meiers Augen blinzelten wie ein Adler, der eine Maus entdeckt.
Er zoomte heran, so gut es ging.

Da war sie.

Die Hecke von Schmitz.

Zuerst dachte er, die Sonne würde ihn täuschen.
Aber nein.

Das war keine optische Täuschung.

Die war zu hoch.

08:51 Uhr – Alarmstufe Rot

"Hildegard!" brüllte Meier in Richtung Küche.

"Was ist denn schon wieder?" rief Hildegard genervt zurück.

"Die Hecke von Schmitz! Die ist wieder zu hoch!"

Das Klirren von Besteck. Ein Teller schepperte.

Dann trat Hildegard in die Tür. Mit Tasse in der Hand, die Haare noch halb im Handtuch. Sie sah aus, als hätte sie gerade von einem besseren Leben geträumt – und dann war sie aufgewacht.

"Meier, ich bitte dich, nicht schon wieder die Nummer mit der Hecke." Sie nippte an ihrem Tee.

"1,86 m, Hildegard. Ich hab's im Gefühl."

"Du hast gar nix im Gefühl, Meier. Du hast nur Langeweile."

"1,80 m ist das Gesetz!" Meier zeigte mit der Hand wie ein Prophet, der das Ende der Welt voraussagt. "Alles darüber ist Anarchie."

"Anarchie, jaja", sagte Hildegard und drehte sich um. "Vielleicht kannst du auch gleich mal den Notstand ausrufen, wenn die Hecke 1,87 m erreicht."

"Sehr witzig." Meier klappte den Zollstock mit einem lauten KLACK auf. "Aber ich lache später. Jetzt wird gemessen."

09:03 Uhr – Aufmarsch im Feindesland

Meier betrat das Schlachtfeld.
Die Hecke war grün, frisch geschnitten – und dennoch... zu hoch.
Er zog den Zollstock aus der Jackentasche, legte ihn an die Hecke und schob ihn langsam nach oben.

1,85 m. Seine Pupillen zuckten.

"Nee, nee, nee", murmelte er.
Er zog den Zollstock ein zweites Mal hoch.
1,86 m.

Meier zog sein Handy aus der Tasche.
Beweisfotos.
Von links.
Von rechts.
Mit Blitz. Ohne Blitz.

"Das reicht für drei Anzeigen", murmelte er, als er die Bilder abspeicherte. "Drei."

Dann öffnete sich das Gartentor. Langsam. Knarrend.

Heraus trat der Schmitz persönlich.
Jogginghose. Feinripp-Unterhemd mit Kaffeefleck.
In der Hand ein Kaffeebecher mit dem Aufdruck: "Ich bin der Chef."

"Na, Meier? Alles gut bei dir?"
Schmitz grinste. Nicht freundlich – herausfordernd.

Meier drehte sich langsam zu ihm um.
Mit dem Zollstock in der Hand.
Wie ein Westernheld vor dem Showdown.

"1,86 Meter, Schmitz."

"Ja und?" Schmitz nahm einen Schluck Kaffee.

"Und? Und?! Sechs Zentimeter zu viel. Sechs! Da kann ich ja gleich 'ne Tarzan-Liane aufhängen!"

Schmitz schüttelte den Kopf.

"Ach komm, Meier. Das juckt doch keinen Menschen."

"Mich juckt's, Schmitz!"

Meier zeigte mit dem Zollstock auf ihn. "Ich bin der, den's juckt. Ich bin der Mückenstich im Arsch der Gerechtigkeit!"

Schmitz lachte. Er lachte.

"Du hast'n Knall, Meier."

"Knall? Ich hab'ne ganze Sprengstofffabrik! Und du bist die Zündschnur, Schmitz."

"Ja ja, reg dich ab, du kriegst 'nen Herzinfarkt."

"Besser Herzinfarkt als Anarchie, Schmitz!"

9:32 Uhr – Der letzte Trumpf

Zurück zu Hause. Meier saß am Laptop.
Das Formular des Ordnungsamtes war offen.

Verstoß: Überschreitung der zulässigen Heckenhöhe (1,80 m) gemäß Nachbarschaftsordnung § 17
Beweisfotos: [Foto 1] [Foto 2] [Foto 3]
Kommentar: Wiederholter Verstoß. Keine Einsicht des Nachbarn.

Senden.

Biep.

"Das war's, Schmitz."

1 Woche später – 09:00 Uhr

Ein weißer Kleinwagen mit der Aufschrift "Ordnungsamt" rollte die Straße hinunter.
Meier grinste.

"Da sind sie. Die Gerechtigkeit kommt mit Klemmbrettern."

Doch der Wagen fuhr nicht zu Schmitz.
Er fuhr zu Meier.

09:02 Uhr – Der Besuch

Meier öffnete die Tür.

Zwei Beamte.
Klemmbrett. Blaue Jacken. Strenge Mienen.

"Ordnungsamt, Herr Meier."

Meier grinste.

"Ah, ihr seid da wegen Schmitz, ne? Jaja, die Hecke, ich weiß Bescheid."

"Nein, Herr Meier. Wir sind wegen Ihnen hier."

Meier blinzelte.
"Bitte was?"

Der Beamte zeigte ein Foto.
Foto von Meiers Mülltonne.

"Ihre Tonne steht nicht auf der Stellfläche."

"Das ist doch lächerlich."

"Die Verordnung ist eindeutig. Die Tonne muss zu 50% auf befestigtem Boden stehen. Ihre steht auf dem Gehweg."

Hinter Meier erklang Hildegards Stimme:
"Tja, Meier. Wer Gesetze liebt, muss auch mitspielen."

Meier drehte sich um.
"Sehr witzig, Hildegard."

Schmitz stand auf der anderen Straßenseite.
Arme verschränkt.
Grinsen so breit wie die Hecke.

Meier ballte die Fäuste.
"Das warst du. Das warst du, Schmitz!"

Schmitz lachte, hob die Hand zum Gruß und rief:
"Gesetz ist Gesetz, Meier!"

Das Pfandflaschen-Paradoxon
Wo ein Automat steht, steht auch ein Opfer

Samstag, 10:12 Uhr

Der Supermarkt war gut gefüllt. Menschen in allen Altersklassen schoben ihre Wagen durch die Gänge, als wäre es das Endspiel der Einkaufs-Olympiade. Kinder quengelten, ein Rentner kippte fast in die Apfelkiste, und aus der Backstation duftete es nach Brezeln, die niemand kaufen wollte.

Aber Herr Meier hatte kein Interesse an Brezeln.
Er war nicht hier, um einzukaufen.
Er war hier, um zu liefern.

In seiner Hand: Zwei große, zerknitterte Plastiksäcke voller Pfandflaschen.
In seinem Kopf: Ein klarer Plan.
Rein. Leergut abgeben. Raus.

Sein Blick war so fokussiert wie der eines Scharfschützen.
Er peilte die Ecke mit dem grünen Schild an: "Pfandannahme".

Doch schon von Weitem sah er das, was ihn innerlich aufkochen ließ.
Eine Schlange.

Drei Menschen.
Drei!

Ein Typ mit Kopfhörern. Eine Mutter mit einem quengelnden Kind. Und ein Mann, der aussah, als würde er für immer dort stehen. Er hielt zwei Flaschen in der Hand – aber er schien absolut unfähig, sie in den Automaten zu stecken.

Meier zog die Augenbrauen hoch.
„Das geht ja gut los…"

10:17 Uhr – Die Schlacht um die Flaschenöffnung

Meier stand jetzt in der Schlange. Die beiden Säcke schnitten in seine Hände, aber er ließ sich nichts anmerken. Schwäche zeigt man nicht.

Vor ihm: Der Mann mit den zwei Flaschen.
Jede Flasche hielt er hoch, betrachtete sie wie ein Archäologe, drehte sie langsam in der Hand, als müsste er das Herstellungsdatum suchen.

Links drehen. Rechts drehen.
Dann – er dreht sie auf den Kopf.

"Nein, nein, NEIN", murmelte Meier leise, der Kiefer angespannt wie eine Mausefalle.
"Nicht falschrum, du Idiot. Nicht falschrum!"

Der Mann versuchte es trotzdem. Flasche falschrum in den Schacht.
Der Automat blinkte. ERROR.
Der Mann zuckte mit den Schultern und versuchte es... genauso... noch mal.

"Ich fass es nicht", murmelte Meier. Er presste die Lippen aufeinander, die Adern an seinen Schläfen pulsierten. „Zwei Flaschen. Zwei verdammte Flaschen."

10:22 Uhr – Das Ritual der Flasche

Der Typ war fertig. Endlich.

Die Mutter mit dem Kind war als Nächstes dran.

Das Kind begann sofort, die Flaschen in den Schacht zu werfen – in einem Tempo, bei dem selbst ein geöltes Maschinengewehr Respekt gehabt hätte.

Klong. Klong. Klong.

"Nicht so schnell, Lukas!" schimpfte die Mutter.

"Ich will, ich will, ich will!", kreischte Lukas zurück.

Der Automat stoppte.
ERROR 54.

Das Display blinkte rot.
Meier schloss die Augen. „Warum, Gott? Warum?"

Die Mutter klopfte gegen den Automaten.
"Was hat der denn jetzt?!"

Meier öffnete die Augen, spürte das Zittern in seinem linken Augenlid.

"Das hat er immer, wenn man zu schnell einwirft." Seine Stimme klang wie die eines Wissenschaftlers, der gerade den Urknall erklärt.

"Ach ja?" Die Frau drehte sich zu ihm um.

"Ja, ja! Der kommt gleich wieder. Oder auch nicht. Je nach Laune."

Der Automat piepste plötzlich und lief weiter.

"Da, guckste", sagte Meier trocken. "Das ist wie beim Drucker. Immer dann, wenn du fast aufgibst, läuft's plötzlich."

10:30 Uhr – Es ist soweit.

Die Mutter packte ihr Kind und verschwand.
Der Weg war frei. Der Schacht war frei.

Meier trat vor den Automaten wie ein Cowboy, der in den Saloon kommt. Er legte die beiden Säcke ab, rollte die Schultern und atmete tief durch.

"Jetzt zeig ich dir, wie das geht."

Klong. Klong. Klong.

Zwei Flaschen pro Sekunde.
Eine perfekte Kombination aus Geschwindigkeit und Präzision.
Jede Flasche passte perfekt in den Schacht.

Keine Fehlermeldung. Kein Stillstand. Nur purer Flow.

"Ha! Siehste? So macht man das."

Die Worte waren leise, aber sie galten allen, die ihn jemals verspottet hatten.

Aber dann...

10:33 Uhr – ERROR 54

Die Flasche drehte sich im Schacht.
Sie rutschte nicht rein.
Sie rutschte auch nicht raus.
Sie drehte sich.

ERROR 54 stand in roten, leuchtenden Lettern auf dem Display.

"NEIN, NEIN, NEIN!" Meier schlug mit der flachen Hand auf den Automaten.

"Was ist das hier? Ein verdammter Glücksspielautomat?!"

Er packte die Flasche, zog sie raus.
Prüfte den Barcode.
Prüfte die Richtung.
Prüfte den Winkel.

Klong. ERROR 54.

Meier drückte den "Hilfe"-Knopf.

Das Display zeigte: "Ein Mitarbeiter wurde benachrichtigt."

10:40 Uhr – Warten auf Gott

Meier stand da.
Um ihn herum füllte sich die Schlange wieder.

"Geht das bald weiter?" fragte ein Mann hinter ihm.

"Ach, soll ich mich mit dem Ding prügeln, oder was?!" bellte Meier zurück.

"Wenn's hilft", murmelte der Mann.

Meier ballte die Fäuste.
Er beugte sich zum Automaten und flüsterte:
"Du denkst, du hast gewonnen, was? Aber ich bin härter als du. Ich habe die Steuererklärung 2015 überlebt. Mich kriegst du nicht klein."

10:45 Uhr – Der Held kommt

Der Mitarbeiter.
Name: Kevin. Alter: 19. Status: Uninteressiert.

Er schlurfte mit einem Schraubenschlüssel in der Hand heran, als würde er zu seiner eigenen Beerdigung laufen.
"Wat is los?" fragte Kevin.

"ERROR 54." Meier deutete auf das Display.

Kevin zuckte mit den Schultern.
"Oh, ja, das macht der manchmal. Musste neu starten."

Er drückte zwei Tasten.
Der Automat piepste, startete neu.

Kevin nickte. "Jetzt geht er wieder."

"Was genau hast du gemacht?" fragte Meier.

"Zwei Knöpfe gedrückt." antwortete Kevin.

"Zwei Knöpfe? Zwei?!" Meier schnaubte. "Ich kämpf hier mit einem Automaten wie gegen Darth Vader – und du drückst zwei Knöpfe?"

"Joa."
Kevin drehte sich um und ging.

10:55 Uhr – Triumph des Spießers

Der Automat lief.
Die Flaschen rollten rein.
Kein Stau. Kein ERROR. Purer Frieden.

"Ha! Geht doch!" rief Meier laut.

Der Mann hinter ihm schüttelte den Kopf.
"Ja, war halt kaputt."

Meier drehte sich um.
"Kaputt? Kaputt ist die Geduld der Menschheit, Kollege."

Der Bon kam raus.
6,75 Euro.

Er griff ihn, hielt ihn hoch, als hätte er gerade Gold gewonnen.
"6 Euro 75 – wie immer alles erkämpft."

Er drehte sich um und ging.

Held. Legende. Spießer.

Überwachungskamera

Wo Paranoia zu Realität wird – und die Kamera immer gewinnt

Montag, 07:46 Uhr

Der Morgen begann friedlich. Zu friedlich.
Ein leichter Wind raschelte durch die Blätter, irgendwo zwitscherte ein Vogel, und in der Ferne hörte man das leise "Biep" eines Müllautos. Alles schien normal. Viel zu normal.

Herr Meier saß auf seinem Stammplatz am Küchentisch.
Frisch gebrühter Kaffee. Zeitung aufgeklappt. Das Ritual der Götter.

Sein Blick wanderte aus dem Fenster. Routine. Kontrolle. Herrschaft.

Links: Alles sauber.
Rechts: Keine Unregelmäßigkeiten.
Mülltonnen stehen wie auf dem Exerzierplatz.

Doch dann... Blitz.

Ein kleiner, kaum sichtbarer Lichtreflex an der Einfahrt von Schmitz.
Meier blinzelte.
Da war es wieder. Ein winziges, kaum sichtbares Blinken.

Sein Herzschlag verlangsamte sich.
Sein Blick wurde schärfer.
"Was zum Teufel...?"

Er beugte sich näher ans Fenster. Seine Nase berührte fast die Scheibe.
Da war sie.
Schwarz. Rund. Glänzend.

Eine Überwachungskamera.

07:52 Uhr – Der erste Anfall

"Hildegard!" brüllte Meier so laut, dass die Tassen im Schrank vibrierten.

"Was denn jetzt schon wieder?!" rief sie aus der Küche zurück.

"Komm her! Sofort! Schmitz hat 'ne Überwachungskamera!"

Ein Scheppern. Der Klang einer Gabel, die auf den Boden fiel.
Kurz darauf erschien Hildegard in der Tür.

Mit Zahnbürste im Mund und einer Miene, die sagte: "Nicht schon wieder dieser Wahnsinn."

"Meier, ich bin gerade mit den Zähnen beschäftigt."

"Vergiss die Zähne! Das hier ist wichtiger als deine verdammten Zähne!"

Er zeigte mit der Präzision eines Staatsanwalts auf das Fenster.
"Da! Guck! Direkt am Carport! Schwarz. Rund. Böse!"

"Was denn? Das Vogelhäuschen?"

"Nicht das Vogelhäuschen, Hildegard! Direkt daneben! Siehst du's nicht? Schwarz, klein, guckt in unsere Richtung! Das ist 'ne Kamera!"

Hildegard trat ans Fenster, zog die Gardine leicht beiseite und blinzelte.

"Ja. Und?" Sie drehte sich wieder zu ihm um, die Zahnbürste immer noch im Mund. "Das ist 'ne Kamera, Meier. Willkommen im Jahr 2024. Die Dinger gibt's an jeder Ecke."

"Das ist keine Kamera. Das ist ein Angriff."

"Ein Angriff?" Sie zog die Augenbrauen hoch. "Von wem? Von Putin? Vom FBI? Von den Marsianern?"

Meier klappte die Zeitung zusammen und stand auf.

"Von Schmitz, Hildegard! Von SCHMITZ! Der Mann hat zu viel 'Tatort' geguckt und denkt jetzt, er wär Schimanski. Ich sag dir, die Dinger filmen uns."

"Die filmen dich, ja", murmelte Hildegard. "Weil du den ganzen Tag am Fenster klebst wie 'n Aufkleber."

08:21 Uhr – Operation "Aufklärung"

Meier stand draußen vor der Hecke.
Die Kamera war still, aber er spürte, wie sie ihn ansah.
Ja, sie sah ihn.

Er zog den Zollstock aus der Jackentasche.
Plan: Sichtfeld der Kamera bestimmen.

"Okay, Entfernung zur Hecke: 11,25 Meter. Entfernung zum Wohnzimmerfenster: 17,40 Meter."

Er nickte, als wäre er Sherlock Holmes, der gerade einen Mordfall löst.
"Verdammte Weitwinkelkamera. Die hat mich voll im Bild."

Er hob die Hand. Winkte. Die Kamera drehte sich.

Sein Herz setzte einen Schlag aus.
"Oh, du Drecksding! Du hast mich gesehen!"

Er duckte sich. Wie ein Soldat, der unter Artilleriebeschuss robbt, kroch er an der Hecke entlang.

Ein Auto fuhr vorbei.

Der Fahrer starrte aus dem Fenster, bremste kurz ab.

"Was glotzt du, Kevin?!" schrie Meier aus dem Gebüsch. "Fahr weiter, bevor ich dein Nummernschild notiere!"

09:21 Uhr – Konfrontation mit Schmitz

Schmitz stand vor seiner Garage.

Jogginghose. Feinripp-Unterhemd. In der Hand: eine Dose Cola.

Er sah aus wie der Typ, der bei "Wer wird Millionär?" bei der 100-Euro-Frage rausfliegt.

"Schmitz! Was soll das?!" brüllte Meier, als er auf ihn zumarschierte.

"Na, Meier? Schon wieder Herzprobleme?" Schmitz grinste, trank einen Schluck Cola.

"Die Kamera! Warum guckt die auf mein Grundstück?"

Schmitz lachte.

"Die guckt nicht auf dein Grundstück, Meier. Die guckt auf meine Einfahrt."

"Bullshit! Die guckt direkt in mein Wohnzimmer! Ich hab's gesehen! Die hat sich gedreht, als ich draußen war!"

"Weil die auf Bewegung reagiert, du Vollpfosten!" Schmitz schüttelte den Kopf.

"Reagiert auf Bewegung? Weißt du, was noch auf Bewegung reagiert? Raubtiere."

Meier zeigte mit dem Finger auf die Kamera.

"Das Ding ist ein verdammtes Raubtier!"

"Du hast echt 'nen Sprung in der Schüssel, Meier."

"Ja, und du bist der Löffel, der den Sprung gemacht hat!"

10:47 Uhr – Der Kontrollwahn eskaliert

Zurück zu Hause.
Laptop offen.
Meier auf Datenschutzportal.de.

Verstoß: Unzulässige Überwachung des Grundstücks
Ort: Kirchfeldstraße 25
Kommentar: "Nachbar installiert illegale Kamera mit Weitwinkel, Überwachung von Privatgrundstück."

Senden.
Biep.

Meier lehnte sich zurück.
"Jetzt wird's ungemütlich, Schmitz."

Eine Woche später – 09:00 Uhr

Der Kleinwagen mit der Aufschrift "Datenschutzbehörde" rollte die Straße entlang.

Meier grinste.
"Da sind sie. Die Kavallerie."

Doch der Wagen hielt nicht bei Schmitz.
Er hielt vor Meiers Haus.

09:02 Uhr – Die Abrechnung

Zwei Beamte. Klemmbrett. Blaue Jacken. Strenge Mienen.

"Herr Meier? Datenschutzbehörde."

Meier grinste.
"Ah, seid ihr wegen Schmitz, ne? Jaja, die Kamera, ich weiß Bescheid."

"Nein, Herr Meier. Wir sind wegen Ihnen hier."

"Wie bitte?"

Der Beamte zeigte ein Foto.
Foto von Meiers Webcam am Fenster.

"Ihre Kamera filmt den Gehweg. Das ist illegal."

Meier blinzelte.

"Das ist kein Überwachungssystem. Das ist... 'ne... 'ne..."
"Webcam."
"Für Vogelsichtungen!"

"Vogelsichtungen?"

Von der anderen Straßenseite kam ein Lachen.
Schmitz.
Arme verschränkt.
Grinsend.

"Tja, Meier! Datenschutz gilt für alle, ne?" rief er rüber.

Meier ballte die Fäuste.
"Das warst du. Das warst du, Schmitz!"

"Ich war's nicht", rief Schmitz.
"Die Kamera hat's gesehen!"

Müllkontrolleure

Wo Mülltrennung zur Religion wird und Nachbarn zu Feinden

Donnerstag, 05:57 Uhr – Ordnungsfront, Kirchfeldstraße 23

Der Morgen lag wie eine feuchte Decke über der Straße.
Die Sonne hatte noch keine Lust zu arbeiten, die Luft war kalt, und
Nebel kroch über den Asphalt. Alles still. Alles friedlich.

Doch an einem Haus war von Frieden keine Spur.
Hausnummer 23.

Dort stand er.
Bademantel. Hausschuhe. Kaffeebecher in der Hand.
Herr Meier.

Er starrte auf seine Feinde.
Nicht Menschen. Nein, schlimmer. Mülltonnen.
Blau. Gelb. Schwarz. Die Dreifaltigkeit der deutschen Mülltrennung.

Doch heute... Heute war die Ordnung gestört.

Er öffnete die Blaue Tonne.

Papier, Papier, Papier... Plastik.

PLASTIK!

Er sog die Luft ein wie ein Tornado, der gleich eine Kleinstadt ver-
wüstet.

Mit zwei Fingern zog er es vorsichtig aus der Tonne.
Ein kleines, unschuldiges Stück Folie. Transparent. Wahrscheinlich
von einem Käseaufschnitt.

Doch in seinen Augen war es mehr als Plastik. Es war ein Verbre-
chen.

Seine Augen verengten sich. Seine Kiefermuskeln pressten sich zusammen.

"Wer war das?!" zischte er leise, während sein Blick die Kirchfeldstraße scannte.

Er wusste:
Der Täter war hier.

06:12 Uhr – Das geheime Protokoll

Wohnzimmer, Kirchfeldstraße 23
Laptop auf. Browser offen. Kaffee dampft.

Herr Meier klickte auf das Notizprogramm.

Dateiname: MÜLL-SÜNDER-DOSSIER.DOCX

Er scrollte durch die Einträge.

18. März, 07:15 Uhr: Blauer Sack von Schmitz (Nr. 25) an falschem Abholtag.

12. April, 06:55 Uhr: Frau Bremer (Nr. 21) stellt Gelbe Tonne 12 Stunden zu früh raus.

2. Mai, 06:02 Uhr: Unbekannter legt Restmüll in Biotonne. Verdächtiger: Krüger (Nr. 17) – keine Beweise, nur Verdacht.

Seine Augen blitzten, als er den nächsten Eintrag hinzufügte.

15. Mai, 05:57 Uhr: Plastik in blauer Tonne. Joghurtdeckelfolie. Verdacht: Krüger (Nr. 17) oder Schmitz (Nr. 25).

"Ich krieg euch", murmelte Meier. "Euch alle."

06:22 Uhr – Beweisaufnahme

Herr Meier stand wieder draußen. Tatort: Die Tonne.

Sein Handy war bereit.
Klick. Foto von der Tonne.
Klick. Nahaufnahme der Folie.
Klick. Foto der leeren Straße.

"Beweismaterial. Datum: 15. Mai, 06:22 Uhr. Ort: Kirchfeldstraße 23. Verstoß gegen die Müllverordnung. Sie sehen es: Plastik im Papier-müll."

Er schwenkte die Kamera durch die Straße.

"Hier haben wir die üblichen Verdächtigen.

Nummer 17 – Krüger. Bekannter Wiederholungstäter. Nummer 21 – Bremer, notorische Vorschnellausstellerin.

Nummer 25 – Schmitz, der Mann ohne Moral."

Plötzlich – Bewegung.

Er drehte sich ruckartig um.
Hildegard.
Bademantel. Kaffee in der Hand. Die Augen halb geschlossen.

"Meier. Was zum Teufel machst du da?"

"Beweise sichern, Hildegard."

"Beweise für was?"

"Für den Krieg. Plastik im Papier. Und ich sag dir, ich weiß genau, wer's war."

"Wenn ich raten müsste, würde ich sagen... du selbst."

Meier starrte sie an, als hätte sie den heiligen Gral entweiht.
"Das. War. NICHT. ICH."

07:00 Uhr – Spähposten bezogen

Herr Meier saß am Fenster, Handy in der Hand.
Überwachung live.

Sein Blick wanderte über die Kirchfeldstraße.
Er sah es genau. Die Tonne war der Köder.
Der Täter würde zurückkommen. Sie kommen immer zurück.

Bewegung.
Frau Bremer (Nr. 21) trat aus der Tür.
Ziel erfasst.

Bademantel, Haar wie explodierte Couchkissen, in der Hand eine Mülltüte.
Meier zoomte.
Restmüll.

"Da haben wir sie", flüsterte er.
"Die große Bremer mit der kleinen Tüte."

Doch Bremer tat nichts Illegales. Sie legte den Müll korrekt in die schwarze Tonne.

Meier knurrte.
"Diesmal nicht, Bremer. Aber ich weiß, dass du's in dir hast."

07:32 Uhr – Krüger tappt in die Falle

Dann sah er ihn.
Herr Krüger.

Badeshorts. Socken in Sandalen.
Eine Mülltüte in der Hand. Eine durchsichtige Mülltüte.

"Da haben wir ihn", zischte Meier.

Krüger ging Richtung Tonne.
Aber...
Er ging zur blauen Tonne.

"Nein. Nein. Das tust du nicht, Krüger."

Krüger drehte sich links, drehte sich rechts. Niemand da.
Er öffnete die Tonne.
Er warf die durchsichtige Tüte rein.

PLASTIK IM PAPIER!

Meier sprang auf wie ein Wahnsinniger.
"Das war's, Krüger! ICH HABE DICH!"

Er startete die Aufnahme.
"Hier. Täter in Aktion. Plastik im Papier. Hier.
Hier sieht man es genau. 15. Mai, 07:32 Uhr."

08:02 Uhr – Die Anzeige

Am Laptop.
Formular der Stadtverwaltung.

Verstoß: Falsche Mülltrennung (Plastik in Papier)
Tatzeit: 15. Mai, 07:32 Uhr
Beweisfotos: [Foto 1] [Video 1]
Kommentar: "Wiederholter Verstoß durch Herr Krüger (Nr. 17). Maß-
nahme dringend erforderlich."

Senden.

Biep.

Meier lehnte sich zurück, faltete die Hände.
"Jetzt kann er sich warm anziehen."

Eine Woche später – 07:00 Uhr

Ein weißer Kleinwagen mit der Aufschrift "Stadtverwaltung – Abfallüberwachung" rollte durch die Kirchfeldstraße.

Meier grinste. "Da sind sie. Die Müllpolizei."

Doch der Wagen hielt nicht bei Krüger. Er hielt vor Meiers Haus.

Klingeling.

07:02 Uhr – Die Abrechnung

Meier öffnete die Tür. Zwei Beamte. Klemmbrett. Blaue Westen.

"Herr Meier? Stadtverwaltung."

"Ja, ja, ihr seid wegen Krüger, oder? Jaja, der Typ hat's verdient."

"Nein, Herr Meier. Wir sind wegen Ihnen hier."

Der Beamte zeigte ein Foto. Meiers blaue Tonne.

"Hier sehen wir eine Joghurtdeckelfolie im Papiermüll."

Meier schnappte nach Luft.
"Das war... das war... nicht ich!"

Von der anderen Straßenseite:
Krüger.
Mit Kaffee in der Hand.
Grinsend.

"Tja, Meier! Mülltrennung gilt für alle, ne?" rief er rüber.

Meier ballte die Fäuste. "Das warst du. Das warst du, Krüger!"

Krüger grinste.
"Ich war's nicht. Aber die Stadt hat's gesehen!"

Letzte Runde im Callcenter

Die Geduld stirbt und Warteschleifen werden zu Folterkammern

Mittwoch, 16:42 Uhr – Wohnzimmer, Kirchfeldstraße 23

Der Nachmittag war friedlich. Zu friedlich.
Die Sonne schien durch die halb geöffneten Gardinen, auf dem Tisch lagen die Reste vom Mittagskaffee.
Ruhe.

Herr Meier saß auf der Couch.
Fernbedienung in der Hand. Ein Arm hinterm Kopf, Beine ausgestreckt wie ein König, der über sein Reich herrscht.

Ein Monarch des Kleinbürgertums.

Die Talkshow im Fernsehen war auf Lautstärke 12. Genug, um die Stimmen zu hören, aber nicht genug, um ihn zu nerven.

Er nippte an seiner zweiten Tasse Kaffee. Schwarz. Stark. Bitter wie das Leben.

Plötzlich – Sein Blick erstarrte.
Er drehte den Kopf langsam nach rechts.
Das Telefon.

Auf dem Tisch lag ein Brief.

Absender: Stadtwerke Kirchfeld.
Er hatte ihn morgens geöffnet. Darin:

"Bitte melden Sie sich telefonisch, um den Zählerstand durchzugeben."

Telefonisch.
Ein kaltes Wort. Ein Wort, das nach Hölle klang.

Meier kniff die Augen zusammen, wie ein Soldat, der kurz vor einer Schlacht steht.
"Na gut. Dann rufen wir halt an."

Er setzte sich auf, griff nach dem Telefon und tippte die Nummer ein.

16:46 Uhr – Die erste Warteschleife

"Willkommen bei den Stadtwerken Kirchfeld. Bitte halten Sie Ihre Kundennummer bereit."

Meier atmete tief ein.
"Kundennummer. Natürlich."

Er drückte die 1 für "Zählerstand durchgeben".
Eine Frauenstimme erklang.

"Alle unsere Mitarbeiter sind derzeit im Gespräch. Bitte bleiben Sie in der Leitung. Ihre Wartezeit beträgt...
... 5 Minuten."

Meier hob eine Augenbraue.
"Fünf Minuten. Klar. Die erzählen immer fünf Minuten."

Im Hintergrund setzte die Musik ein.
Panflöte.

Meier schloss die Augen, als hätte ihn jemand mit einem Hammer getroffen.
"Nicht die Panflöte... NICHT DIE PANFLÖTE!"

Die Melodie war fröhlich, aber genau das machte sie zur Hölle.
Es klang, als würde ein Straßenmusiker aus Peru sich direkt in sein Trommelfell einbohren.

BIBIBII-BIIIBIBII-BIIII.
BIBIBII-BIIIBIBII-BIIII.

"Wer hat entschieden, dass das 'ne gute Idee ist?!" fauchte Meier.

"Was kommt als Nächstes? Didgeridoo? Mongolischer Kehlkopfgesang?! Wer hat das verbrochen?!"

16:52 Uhr – 6 Minuten später

Panflöte.
BIBIBII-BIIIBIBII-BIIII.

Meier trommelte mit den Fingern auf die Tischplatte.
Der Blick leer. Die Augen tot.

Hildegard kam ins Wohnzimmer. "Was machst du da?"

"Warten... worauf?"

"Auf den Tod."

"Ach, Stadtwerke? Ruf lieber später an, das dauert um die Zeit ewig."

"Zu spät. Ich bin drin. Wenn ich jetzt auflege, haben die gewonnen."

Hildegard schüttelte den Kopf.
"Das ist kein Krieg, Meier."

"Das ist genau das, Hildegard. Das ist ein Krieg."

17:03 Uhr – Die zweite Warteschleife

Eine Frauenstimme ertönte:

"Vielen Dank für Ihre Geduld. Ihre Wartezeit beträgt nun...
... 10 Minuten."

Meier saß regungslos. Nur sein Kiefer mahlte langsam hin und her, als hätte er Kieselsteine im Mund.

"Zehn Minuten?! Gerade waren es fünf!"

Er beugte sich nach vorne, als könnte der Telefonhörer ihn hören.
"Wisst ihr nicht, wie Zeit funktioniert?!"

BIBIBII-BIIIBIBII-BIIII.

Er riss sich die Brille vom Gesicht, rieb sich die Augen.
"Das ist psychologische Kriegsführung. Das ist Guantanamo in Kirchfeld."

17:21 Uhr – Verhandlung mit dem Feind

21 Minuten.

Panflöte.

Hildegard kam mit einem Buch ins Wohnzimmer.
"Meier, leg doch auf."

"NEIN!"

"Die quälen dich doch nur."

"Die quälen alle, Hildegard. Ich bin nur der Einzige, der zurück-
schlägt."

"Wie willst du zurückschlagen?"

"Ich werde... nicht auflegen."

Hildegard lachte. "Das ist dein Plan?"

"Ja. Ich. Gehe. Nicht."

17:35 Uhr – Der Kontakt zum Feind

Plötzlich – Klick.

"Hallo, Stadtwerke Kirchfeld, mein Name ist Lisa Müller. Was kann ich für Sie tun?"

Meier erstarrte.
LISA!
EIN LEBENDIGER MENSCH!

Er schnappte sich das Telefon, als würde er einen sinkenden Anker greifen.
"Hallo! Meier hier. Zählerstand durchgeben. Kunde 58934721. Wasserzähler 14736, Stand 8997. Stromzähler 23871, Stand 12043. Alles klar?"

"Moment, ich öffne Ihr Kundenprofil..."

"Oh, bitte, nicht das Kundenprofil."

Stille.
Der Klang der Stille war schlimmer als die Panflöte.

"... hmmm, tut mir leid, Herr Meier. Da scheint ein Problem mit dem System zu sein. Ich verbinde Sie weiter mit der Fachabteilung."

"Was?! NEIN!"

"Bitte bleiben Sie in der Leitung. Ihre Wartezeit beträgt... 15 Minuten."

BIBIBII-BIIIBIBII-BIIII.

18:02 Uhr – Der Wahnsinn greift um sich

Panflöte.
Meier starrte ins Leere.

Sein Blick war tot.
Er sprach leise vor sich hin.
"Ich werde... ich werde das beenden. Irgendwann... beende ich es."

18:17 Uhr – Der neue Agent

Klick.
"Hallo, Stadtwerke Kirchfeld, mein Name ist Tobias, was kann ich für Sie tun?"

"Meier. Zählerstand. Kunde 58934721. Wasserzähler 14736, Stand 8997. Stromzähler 23871, Stand 12043. Mach es einfach, Tobias. Mach es einfach."

"Ich sehe hier keine Daten, Herr Meier. Sind Sie sicher, dass Sie Kunde bei uns sind?"

Stille. Die längste Stille der Weltgeschichte.

Meier stand langsam auf.
Er ging zur Küche.
Er öffnete die Besteckschublade.
Er zog ein Messer raus.

Hildegard trat ein.
"Was machst du, Meier?"

Er starrte sie an.
"Tobias, Hildegard. Tobias."

"Das ist nicht gesund, Meier."

"Ich will kein gesundes Leben. Ich will Rache."

18:33 Uhr – Das große Finale

Klick.
"Hallo, Stadtwerke Kirchfeld, mein Name ist Janine, was kann ich für Sie tun?"

"Meier. Zählerstand. Kunde 58934721. Wasserzähler 14736, Stand 8997. Stromzähler 23871, Stand 12043. Trag es ein. TU ES!"

Janine lachte.
"Natürlich, Herr Meier. Ich hab's eingetragen."

Stille.
Meier ließ das Telefon sinken.
Er setzte sich langsam auf die Couch.
Er hatte gewonnen.

Hildegard trat ein.
"Na, wie war's?"

Meier starrte an die Decke.

"Ich bin nicht der gleiche Mensch, der ich mal war."

Die Eigentümerversammlung

Die Demokratie scheitert und der Wahnsinn regiert

Donnerstag, 19:02 Uhr – Garage von Krüger

Die Luft war elektrisch. Nicht vom Wetter – sondern von den Spannungen zwischen den Nachbarn. Die halb hochgeschobene Garagentür von Krüger stand offen wie das Tor zur Hölle.

Im Inneren:

- Sechs Plastikstühle, die schon bessere Tage gesehen haben.

- Ein alter Tapeziertisch, der wackelte, wenn man ihn zu scharf ansah.

- Auf dem Tisch: Ein Topf mit billigem Filterkaffee, eine Packung Kekse (die trockenen mit den Zuckerkörnern) und eine Flasche stilles Wasser, die seit Monaten nicht angerührt wurde.

Die Arena war bereitet. Die Teilnehmer der Anliegerversammlung der Kirchfeldstraße:

- Herr Meier (Nr. 23) – Sitz vorne links, Kuli bereit, Zollstock im Ärmel, Augen wie ein Raubvogel.

- Krüger (Nr. 17) – Hausherr, Haushaltsbier in der Hand, Beine breit, Socken in Sandalen.

- Frau Bremer (Nr. 21) – Strickzeug auf dem Schoß, weil sie "keine Zeit verschwenden will".

- Schmitz (Nr. 25) – Arme verschränkt, Grinsen im Gesicht, bereit, jeden Vorschlag zu zerstören.

- Herr Scholz (Nr. 19) – Sitzt da wie eine Statue. Sagt nichts. Macht nichts. Ist immer dagegen.

19:06 Uhr – Eröffnung der Hölle

"Gut, dann können wir ja anfangen."
Meier klopfte mit dem Kuli auf den Tapeziertisch, als sei er der Vorsitzende des Internationalen Gerichtshofs.

"Schön, dass ihr alle da seid."

Krüger grunzte. "Als ob wir 'ne Wahl hätten, Meier."

Frau Bremer strickte weiter, ohne den Blick zu heben.
"Fang an, Meier, bevor der Kaffee kalt ist. Und beeil dich – um acht kommt 'Rote Rosen'."

"Danke, Frau Bremer, für diesen wertvollen Beitrag zur Demokratie."
Meier atmete einmal tief durch. "Also, hier die Tagesordnungspunkte."

Er hielt ein DIN-A4-Blatt hoch.

TOP 1: Pflastersteine – Austausch der alten Gehwegplatten.

TOP 2: Fahrradstellplätze – fünf neue Plätze am Ende der Straße.

TOP 3: Kostenbeteiligung am Straßensaum-Schnitt.

Krüger hob die Hand.

"Ja, Krüger?"

"Ich bin schon mal gegen alles."

Gelächter. Schmitz lachte so laut, dass Frau Bremer einen Maschenfehler machte.

"Sehr witzig, Krüger." Meier starrte ihn an, die Augen zu Schlitzen verengt. "Vielleicht kannst du ja diesmal ein Argument vorbringen, das länger als fünf Sekunden hält."

Krüger grinste.
"Ich brauch keine Argumente, Meier. Ich hab eine Mehrheit."

Er deutete auf Schmitz und Frau Bremer, die beide nickten.

19:12 Uhr – Die Pflastersteinschlacht

TOP 1: Austausch der Gehwegplatten. Meier legte einen Stapel ausgedruckter Fotos auf den Tisch. "Die alten Platten sind rutschig, uneben und eine Unfallgefahr."

"Unfallgefahr?" Schmitz hob eine Augenbraue. "Bin 20 Jahre hier gelaufen. Kein Problem. Und das, obwohl ich ab und zu besoffen war."

Krüger hob das Bier.
"Dafür kriegste 'nen Punkt, Schmitz."

Meier schnaufte.
"Es geht nicht um dich, Schmitz. Es geht um die Allgemeinheit. Wenn Frau Bremer stürzt, muss die Krankenkasse zahlen."

Frau Bremer sah ihn an.
"Ach, so! Jetzt geht's plötzlich um mich, ja? Na, danke, Herr Meier. Ich strick mir ein Sicherheitsnetz, dann passt das."

Schmitz grinste.
"Die alten Platten sind besser als jede Klimaanlage. Die halten die Hitze vom Boden weg."

"Das ist keine Argumentation, das ist Bullshit." Meier schlug mit der Faust auf den Tisch. "Also, wer ist dafür, die Platten zu erneuern?"

Er hebt die Hand.
Niemand sonst.

"Dagegen?"

Krüger, Schmitz, Bremer, Scholz – alle Hände gehen hoch.

"Beschluss abgelehnt."

Krüger grinst.
"Demokratie, Meier. Ist das nicht schön?"

19:23 Uhr – Die Fahrradplatz-Debatte

Meier klopfte wieder mit dem Kuli.
TOP 2: Fahrradstellplätze.

"Ich hab kein Fahrrad." Schmitz hob die Hand. "Also, dagegen."

"Das ist doch keine Logik!" schnaufte Meier.

"Logik des Desinteresses, Meier."

Krüger lachte.
"Fahrräder? Stellt die Dinger in die Garagen. Das ist kostenlos."

"Du hast nicht mal 'ne Garage, Krüger!" fauchte Meier.

"Ich brauch keine, ich hab 'ne Plane." Krüger lehnte sich zurück, nahm einen Schluck Bier.

"Das bringt uns nicht weiter", sagte Meier. "Die Fahrräder stehen auf dem Gehweg und blockieren den Platz. Wenn wir Stellplätze haben, lösen wir das Problem."

Stille.

Dann meldete sich Frau Bremer.
"Und wo kommen die hin?"

"Da hinten, bei der Ecke zur Kirchstraße."

Frau Bremer strickte schneller.
"Direkt vor meinem Fenster? Vergiss es, Meier. Da guck ich lieber auf 'ne Mülltonne als auf 'n Fahrradfriedhof."

19:40 Uhr – Die Saum-Schlacht

TOP 3: Beteiligung am Straßensaum-Schnitt.

"Der was?" fragte Krüger.

"Die Grasfläche zwischen Gehweg und Straße. Ich schneid die jedes Mal allein. Und ich hab keinen Bock mehr."

"Dann schneid halt nicht." Schmitz grinst.

"Ja, dann wird's 'n Dschungel, Schmitz! Willste im Urwald wohnen?"

Krüger grinst. "Klingt geil. Stell ich mir vor wie 'ne Safari."

"Es ist nicht lustig, Krüger. Die Stadt schickt dann ne Firma, und die stellen uns das in Rechnung."

"Dann zahl ich's. Aber nur, wenn du vorher 'nen Löwen hinstellst."

20:00 Uhr – Das große Finale

Meier war fertig. Fertig mit den Nerven. Fertig mit der Demokratie.

"Also. Pflastersteine – abgelehnt. Fahrradplätze – abgelehnt. Straßensaum – abgelehnt."

"Ich liebe Demokratie." Krüger hob die Bierflasche. "Auf die Mehrheit!"

Schmitz lachte so laut, dass Frau Bremer sich beim Stricken verhedderte. "Seht ihr das, Leute? Das ist der Moment, wo Meier aufgibt."

Meier lehnte sich zurück. Starrte an die Decke. Leere Augen.

Hildegard kam rein. "Und, Meier? Alles durchgekriegt?"

Er blinzelte nicht mal. "Ich lebe unter Tieren, Hildegard."

Eine perfekte Weihnachtsbeleuchtung

Lichter funkeln, Stromnetze brechen und Nachbarn weinen

Freitag, 16:47 Uhr – Kirchfeldstraße 23 – Der Beginn der Legende

Es war der 1. Dezember.

Kälte lag in der Luft.

Die Kirchfeldstraße war still – aber nicht mehr lange.

Herr Meier stand in seiner Einfahrt.

Blick fest. Arme verschränkt.

Augen so scharf wie Laserschneider.

Vor ihm:

Sechs Kartons in der Größe kleiner Kühlschränke.

Auf den Kartons prangten Schriftzüge wie:

- "ULTIMATE X-MAS LIGHTS 9000™ – 25.000 LEDs"
- "RUDOLPH DELUXE – Beweglicher Rentier-Trupp"
- "MEGA-GLITZ-ENGEL – Flügelbewegung mit Sound-effekt"

Hinter ihm:

- Eine Leiter.
- Eine Kabeltrommel (so groß wie ein Wassertank).
- Sein Wille, Geschichte zu schreiben.

16:50 Uhr – Der Anstoß zur Eskalation

Hildegard öffnete die Haustür, stemmte die Hände in die Hüften.
"Was machst du da, Meier?"

Er drehte sich langsam zu ihr um. Sein Blick war der eines Mannes, der das Schicksal von Nationen wendet.

"Diesmal holen wir uns den Titel, Hildegard."

"Den Titel wovon?"

"Den Titel der besten Weihnachtsbeleuchtung der Kirchfeldstraße."

Hildegard lachte so heftig, dass sie sich am Türrahmen festhalten musste.

"Letztes Jahr hast du die Sicherung der Straße geschossen, Meier."

"Das war ein Testlauf."

"Und vorletztes Jahr hast du das Kabel so heiß gemacht, dass der Rauchmelder losging."

"Vorbereitung, Hildegard. Vorbereitung." Er zeigte auf die Kartons.
"Aber jetzt hab ich das Arsenal."

Hildegard zog die Augenbrauen hoch.
"Was ist in den Kisten?"

"Kunst, Hildegard. Pure Kunst."

Er zeigte auf die Kiste.

"25.000 LEDs. Bewegliche Rentiere. Ein Weihnachtsmann, der den Arm hebt wie 'ne Statue in Nordkorea."

"Du bist krank, Meier."

"Nein, Hildegard. Ich bin ein Visionär."

17:15 Uhr – Aufbau der Apokalypse

Phase 1: Die Frontfassade.

- Meier stand auf der Leiter.

- In der Hand: Zollstock und Akkuschrauber.

- In der anderen: Die ultimative LED-Kette.

Sein Atem dampfte in der kalten Luft, als er die LED-Streifen entlang der Dachrinne montierte.

Mit jedem Knacken der Schraube grinste er breiter.

"Das wird so hell, dass die Flugzeuge umleiten müssen."

Unten stand Hildegard mit verschränkten Armen.
"Nicht so straff, Meier, sonst reißen die LEDs."

"Ruhig, Hildegard, ich hab das im Griff."
KRACK.
Der LED-Streifen riss.

"VERDAMMT!" Meier warf den Akkuschrauber fast von der Leiter.
"Blödes Billigzeug aus China! Immer dasselbe!"

"Ja, klar. Es liegt bestimmt nicht daran, dass du's wie 'ne Armbrust spannst."

"Das ist Spannungskunst, Hildegard. Das verstehst du nicht."

18:03 Uhr – Die Rentier-Invasion

"Phase 2: Rentier-Offensive.

Meier rammte die ersten Bodenanker in den Rasen.
Seine Hände arbeiteten wie die eines Archäologen, der das Grab von Tutanchamun öffnet.

Er stellte die fünf Rentiere auf:

- Rudolph vorne, mit roter Super-LED-Nase (500 Lumen).

- Die restlichen Rentiere dahinter in Formation.

Meier steckte das Stromkabel ein.

Die Lichter blitzten.

Rudolphs Nase leuchtete so hell, dass eine Katze auf der anderen Straßenseite erschrocken wegsprang.

Plötzlich...
Das Rentier bewegte sich.
Der Kopf drehte sich ruckartig wie in einem Horrorfilm.

"JA!" Meier ballte die Faust. "DAS IST ES!"

Hildegard lehnte sich aus der Tür.
"Bewegt sich das Ding oder hat es 'nen Schlaganfall?"

"Das ist eine Animation, Hildegard! Das ist moderne Technik!"

18:45 Uhr – Der Krieg wird offiziell

Von der anderen Straßenseite:
Schmitz. Jogginghose. Bier in der Hand.

Er trat aus seiner Tür, sah die Lichtershow, nahm einen tiefen Schluck und rief:

"Na, Meier? Willst du 'ne Landebahn bauen oder was?"

Meier drehte sich langsam um.
"Besser als dein Zirkus letztes Jahr, Schmitz!"

"Mein Zirkus?" Schmitz hob das Bier. "Meier, mein Zirkus hat Preise gewonnen. Leute haben Fotos gemacht. Von DEINER Nummer redet keiner."

"Das wird sich ändern, Schmitz." Meier deutete auf ihn. "Dieses Jahr gucken die Leute bei MIR."

"Viel Glück", rief Schmitz grinsend, bevor er ins Haus ging.
"Du wirst es brauchen, Kollege."

19:15 Uhr – Die Katastrophe naht

Die LED-Streifen waren fertig.

Die Rentiere standen in Formation.

Der Weihnachtsmann hob testweise den Arm – es funktionierte.

Meier stand vor seinem Werk.

Hildegard trat neben ihn.

"Willst du wirklich den großen Schalter umlegen, Meier?"

"Das ist kein Schalter, Hildegard. Das ist ein Moment der Geschichte."

"Und wenn der Strom ausfällt?"

"Dann ruf ich bei den Stadtwerken an – und dann dauert's drei Stunden."

20:00 Uhr – Der große Moment

Herr Meier stand vor der Hauptstromleitung.
Die Kabel waren verbunden.
Die Sicherungen vorbereitet.

"Und es ward Licht."

Er drückte den Schalter.

ZAAAAAAAACK!

- Die LEDs explodierten in einem Meer aus Licht.
- Die Rentiere begannen zu galoppieren.
- Der Weihnachtsmann hob den Arm (sehr langsam und irgendwie bedrohlich).

Die Kirchfeldstraße 23 verwandelte sich in ein UFO-Landeplatz.

20:03 Uhr – Die Dunkelheit bricht herein

BRRRRRZZZZ!
KLACK.

STROMAUSFALL.

Die ganze Kirchfeldstraße war dunkel.
Pechschwarz.

Stille. Völlige Stille.

20:20 Uhr – Die letzten Worte

Hildegard leuchtete mit der Taschenlampe ins Wohnzimmer.
"Und, Meier? Was jetzt?"

Meier saß auf der Couch, lehnte den Kopf zurück.
Er sah aus wie ein König, der seinen Thron verloren hat.

"Jetzt?" Er schloss die Augen.
"Jetzt warte ich, bis der Strom wiederkommt."

"War's das wert?"

"Jeder Moment, Hildegard. Jeder verdammte Moment."

20:33 Uhr – Der Feind meldet sich

Schmitz stand vor seinem Haus mit einer Taschenlampe in der Hand.

"Schöne Weihnachtsbeleuchtung, Meier! Schön DUNKEL!"

"Ich bring dich um, Schmitz."

"Versuch's ruhig. Aber bring 'ne Taschenlampe mit."

Eine anonyme Anzeige

Wo Macht durch Anonymität entsteht – und Karma am Ende jeden erwischt

Dienstag, 11:37 Uhr – Wohnzimmer, Kirchfeldstraße 23

Die Sonne strahlte durchs Fenster, aber in Herr Meiers Wohnzimmer herrschte eine ganz andere Energie.

Eine dunkle, bedrohliche Energie.

Er saß am Esstisch.

Vor ihm:

- Laptop (offen, mit blendendem Weiß der Internetseite)

- Kaffeetasse (inhaltlich schwarz wie seine Gedanken)

- Notizblock (mit einer Liste, die aussah wie ein Racheplan aus einem Tarantino-Film)

Seine Finger trommelten leise auf die Tischplatte.
Langsam. Kontrolliert. Wie ein Raubtier, das den richtigen Moment abwartet.

Kirchfeldstraße – ihr habt lange genug gelacht.
Jetzt lacht keiner mehr.

Er starrte auf die Überschrift der Webseite:

"Anonyme Anzeige – Helfen Sie, Verstöße in Ihrer Nachbarschaft zu melden!"

Sein Zeigefinger schwebte über der Maus.
Klick.

11:40 Uhr – Die große Liste der Sünder

Meier zog seinen Notizblock zu sich heran.
Er hatte keine To-Do-Liste.
Er hatte eine To-Destroy-Liste.

Ganz oben auf der Liste stand:

1. Krüger (Nr. 17) – Hundekacke auf dem Gehweg.
   2x dokumentiert.
2. Frau Bremer (Nr. 21) – Mülltonne zu früh rausgestellt.   3
   dokumentierte Fälle.
3. Schmitz (Nr. 25) – Bauschutt in der Biotonne.
   DER GROSSE FISCH.

Meier legte den Kuli ab, atmete tief ein.
"Einer nach dem anderen, meine Freunde. Einer nach dem anderen."

11:45 Uhr – Angriff auf Zielperson Nr. 1: Schmitz (Nr. 25)

"Schmitz, du bist der dicke Fisch. Du bist der Wal."

Meier tippte in das Formular:

Kategorie: Müllverstoß
Ort: Kirchfeldstraße 25
Verstoß: "Unzulässige Entsorgung von Bauschutt in der Biotonne."

Beweise?
Ja, natürlich hatte er Beweise.

- Foto 1: Schmitz' offene Biotonne mit Ziegelbruchstücken.

- Foto 2: Schmitz im Hintergrund, Jogginghose, Bier in der
  Hand, Fuß neben der Biotonne.

Meier grinste.
"Checkmate, Schmitz."

Er klickte auf Senden. Biep.

"Eins von drei."

11:55 Uhr – Zielperson Nr. 2: Krüger (Nr. 17)

"Krüger, du kleiner Schmutzfink. Zeit für den Besen der Gerechtig-keit."

Meier öffnete das Formular.

Kategorie: Verstoß gegen die Sauberkeit
Ort: Kirchfeldstraße 17
Verstoß: "Mehrfache Verunreinigung durch Hundekot. Hund wird nicht beaufsichtigt."

Beweise?
Ja, klar hatte er Beweise.

- Foto 1: Eine perfekt inszenierte Aufnahme von Hundekacke.

- Foto 2: Krüger in Badeshorts, Hundeleine in der Hand, Hund NICHT im Bild.

"Ruf den Anwalt, Krüger. Ruf den besten, den du hast."

Er klickte auf Senden. Biep.

"Zwei von drei."

12:10 Uhr – Zielperson Nr. 3: Frau Bremer (Nr. 21)

"Frau Bremer, die Strickhexe."
"Du dachtest, du bist sicher. Aber die Zeit der Gnade ist vorbei."

Meier öffnete das Formular.

Kategorie: Verstoß gegen Müllordnung
Ort: Kirchfeldstraße 21
Verstoß: "Wiederholte vorzeitige Herausstellung der Mülltonne (drei dokumentierte Fälle)."

Beweise?

- Foto 1: Mülltonne von Frau Bremer. Daneben die Tageszeitung mit klar erkennbarem Datum.

- Foto 2: Frau Bremer mit Strickzeug auf der Veranda, schaut weg, während die Tonne noch draußen steht.

"Das ist keine Anzeige, Frau Bremer. Das ist ein Gedicht."

Klick. Senden. Biep.

"Drei von drei."

1 Woche später – 07:42 Uhr – Das Karma-Mobil rollt an

Ein weißer Kleinwagen mit der Aufschrift "Ordnungsamt" rollte langsam die Kirchfeldstraße hinunter.

Meier stand hinter der Gardine, sein Blick konzentriert.

"Da sind sie. Die Engel der Rache."

Der Wagen hielt an.
Ziel: Haus Nr. 25. Schmitz.

Meier grinste.
"Die Geister, die ich rief, Schmitz."

Zwei Beamte stiegen aus. Klemmbretter. Blaue Westen. Bürokratische Härte in Menschengestalt.

"Oh, das wird herrlich."

07:52 Uhr – Zweite Runde: Krüger (Nr. 17)

Das Ordnungsamt rollte weiter.
Ziel: Haus Nr. 17. Krüger.

Krüger stand in der Einfahrt.
Socken in Sandalen. Kaffeebecher in der Hand.

Beamte:
"Guten Morgen. Ordnungsamt. Anonyme Anzeige wegen Hundekot auf dem Gehweg."

Krüger:
"WAS?! Das war nicht ich! Das war... das war... die Natur, verdammt nochmal!"

"Wir haben Beweisfotos."
Beweisfotos.
Foto 1: Hundekacke.
Foto 2: Krüger mit Leine, aber ohne Hund.

Krüger:
"Das ist ein übler Trick!"

Beamte:
"Wir hören das öfter. Aber die Beweise sind eindeutig."

Meier biss sich auf die Lippe, damit er nicht laut lachte.

08:12 Uhr – Letzte Runde: Frau Bremer (Nr. 21)

Der Wagen hielt.
Ziel: Haus Nr. 21. Frau Bremer.

Frau Bremer stand mit Strickzeug in der Hand an der Tür.
Sie starrte die Beamten an wie ein König, der gerade von seinem Thron gestoßen wird.

"Ja? Was wollt ihr?"

"Vorzeitiges Herausstellen der Mülltonne."

"Hören Sie, das waren fünf Stunden zu früh!"

"Die Uhrzeit steht auf dem Beweisfoto."

Bremer drehte sich langsam um.

Ihr Blick wanderte zu Meiers Fenster.

Augen treffen sich.

Es knistert.

"DU!" schrie sie mit zitternder Faust. "ICH WEISS, DASS DU DAS WARST, MEIER!"

09:02 Uhr – Die Abrechnung

Klingeling.

Meier öffnete die Tür.
Zwei Beamte.

"Herr Meier? Ordnungsamt."

Meier grinste.
"Ach, ihr seid wegen der Anzeige gegen Schmitz, oder?"

Der Beamte zog ein Blatt hervor.
"Anonyme Anzeige gegen Sie. Verstoß: Überwachung der Nachbar-schaft ohne Genehmigung."

Meier blinzelte.
"WAS?!"

Der Beamte zeigte ein Handyfoto.
Foto von Meier hinter der Gardine.

Im Hintergrund: Frau Bremer, Schmitz und Krüger – alle grinsend.

"Dreifach dokumentiert, Herr Meier."

Von der Straße hörte er Lachen.
Schmitz, Krüger und Bremer.

"Karma, Meier. Karma."

Das Wahlversprechen

Politiker lügen, Bürger hoffen – und Meier durchschaut alles

Samstag, 18:12 Uhr – Wohnzimmer, Kirchfeldstraße 23

Die Arena der Täuschung war eröffnet.

Der Fernseher flimmerte.

Talkshow.

Das Studio leuchtete in einem künstlichen Blau, als hätte jemand eine Tiefkühltruhe als Lichtkonzept gewählt.

Fünf Personen saßen auf Stühlen, die aussahen wie recycelte Joghurtbecher – modern, aber ungemütlich.

In der Mitte:
Der Moderator mit dem strahlenden Lächeln von einem Typen, der noch nie "Bitte warten…" am Telefon gehört hat.

Linke Seite:

- Dr. Frank Kessel – Experte für "Wirtschaft und Transformation" (also Bullshit in schön verpackt)

- Prof. Elisa Heger – Politologin mit der Energie einer Zimmerpflanze.

Rechte Seite – Die Stars der Show:

- Stefan Brügger – Spitzenkandidat der Volkspartei für Veränderung (VfV).

    o Anzug. Krawatte. Lächeln wie ein Autoverkäufer, der gerade feststellt, dass er dir einen Unfallwagen angedreht hat.

- Clara Finken – Umweltministerin und Kandidatin der Neuen Fortschrittspartei (NFP).

  - Weiches Lächeln, pastellfarbener Blazer, aber Augen wie eine Beamtin, die dir gerade dein Bauantrag ablehnt.

18:15 Uhr – Der Wahnsinn beginnt

Herr Meier saß mit verschränkten Armen auf der Couch.
Neben ihm Hildegard, strickend. Sie schaute nur halb hin. Sie wusste, was kommt.

Der Politiker Brügger sprach mit der süßlichen Stimme eines Märchenerzählers:

"Wir stehen für Stabilität, Fortschritt und soziale Gerechtigkeit. Unser Ziel ist es, die Belastungen der Bürger zu senken."

Stille.

Hildegard schielte zu Meier.
Noch sagte er nichts.

Brügger holte aus:

"Und wir garantieren: Die Steuerlast wird sinken – für alle, die hart arbeiten. Denn harte Arbeit muss sich lohnen!"

BAM!
Der heilige Satz.

Herr Meier kippte den Kopf nach hinten, als hätte ihn ein Boxer K.o. geschlagen.
Er rieb sich das Gesicht mit beiden Händen.
"DA ISSES! DA IST DAS SCHEISS-WUNDER!"

Hildegard hob die Augenbrauen.
"Was jetzt wieder, Meier?"

"Steuerlast senken. Ja klar. Genauso wie 2018, 2020 und 2022. Und was kam dann?"
Er schaute zu Hildegard, als wollte er eine Antwort von ihr.

Hildegard seufzte.
"Grundsteuer-Erhöhung. Strompreis-Erhöhung. Und die CO2-Bepreisung."

"Richtig!" Meier zeigte mit dem Finger auf sie wie ein Lehrer, der seinen besten Schüler lobt.

"Und jetzt? Jetzt labert der Vogel wieder von 'Steuern senken'. Ich schwör dir, Hildegard – nächstes Jahr zahlen wir 'ne 'Luftnutzungsgebühr' für den Sauerstoff, den wir atmen!"

"Ach, komm." Hildegard strickte weiter.

"Ja, komm? Nein, Hildegard. Nichts ist 'komm'." Er zeigte auf den Fernseher.
"Der Typ verspricht was und denkt, wir sind so blöd, dass wir's glauben. Aber ich? Ich bin nicht blöd, Hildegard."

18:22 Uhr – Der Prediger erwacht

Der Moderator stellte die alles entscheidende Frage:

"Herr Brügger, können Sie garantieren, dass es keine neuen Steuern geben wird?"

Brügger lächelte, setzte seine Politiker-Gesichtskontrolle auf und sagte:

"Ich garantiere: Es wird keine neuen Steuern geben. Unsere Bürger haben genug gezahlt."

BAM!
DA WAR DER SATZ.

Herr Meier stand auf.
"DA! DA! DA IST ES!"
Er drehte sich wie ein Pfarrer zur Gemeinde.
"Habt ihr's gehört?! 'Keine neuen Steuern'. Der heilige Satz! Das Mantra aller Wahlkampftrottel!"

Hildegard lachte.
"Setz dich, Meier."

"NEIN, HILDEGARD!" Meier ging zur Mitte des Zimmers.
"Weißt du, was das bedeutet? 'Keine neuen Steuern' bedeutet: Sie nehmen die alten Steuern, verpacken sie neu und nennen sie 'Klimaschutzbeitrag'."

Er klatschte in die Hände.
"BÄM! Und die Leute denken, es sei was Neues!"

18:45 Uhr – Die große Märchenstunde

Der Moderator fragte:

"Frau Finken, was ist Ihr großes Versprechen für die Bürger?"

Frau Finken lächelte mit der Geduld einer Grundschullehrerin.

"Nachhaltigkeit. Wir garantieren eine sozial gerechte Energiewende."

Meier biss sich auf die Faust, um nicht laut zu schreien.
Er drehte sich langsam zu Hildegard.

"Hast du gehört, Hildegard? Sie garantieren 'sozial gerecht'. Weißt du, was das heißt?"

Hildegard stöhnte.
"Ich bin sicher, du sagst es mir."

"Das heißt, die Reichen zahlen weniger, die Normalos zahlen alles."

18:55 Uhr – Der Werbespot

Plötzlich – ein Wahlwerbespot.

Die Stimme aus dem Off:

"Stellen Sie sich eine Welt vor, in der Gerechtigkeit herrscht. Wo die Bürger entlastet werden und Kinder lächeln."

Blumenwiesen. Kinder auf einer Schaukel.
Ein Rentner, der glücklich seine Rente zählt.

"WAS ZUM TEUFEL?!" Meier sprang fast auf den Tisch.
"EIN RENTNER, DER LÄCHELND GELD ZÄHLT?! IN DEUTSCH-LAND?!"

Hildegard lachte, Tränen in den Augen.
"Der muss in der Schweiz wohnen, Meier."

19:30 Uhr – Die große Abrechnung

Brügger schloss seine Rede mit den Worten:

"Vertrauen Sie uns. Gemeinsam schaffen wir das."

Herr Meier stand auf.
Er ging zum Fernseher.
"Ich vertraue dir, Kumpel."

Hildegard riss die Augen auf.
"Was? Du vertraust ihm?!"

Meier ging so nah an den Fernseher, dass seine Nase fast die Scheibe berührte. Er sprach direkt in den Bildschirm.

"Ja, ich vertraue dir, Freund."
Stille.

Dann:
"Ich vertraue darauf, dass du mich verarschen wirst."

Hildegard fiel fast vom Sofa.
"Meier, du bist ein zynisches Arschloch."

Meier drehte sich langsam um.
Er hob die Arme wie ein Prediger.

"Ich bin nicht zynisch, Hildegard. Ich bin ein Realist."

Illegales Partyzelt

Rauch zieht auf und Dezibel explodieren

Samstag, 16:45 Uhr – Die Vorboten der Apokalypse

Der Nachmittag lag friedlich über der Kirchfeldstraße.
Die Sonne schien sanft, die Vögel zwitscherten, und eine leichte Brise ließ die Blätter rascheln. Idylle. Aber Idylle lügt.

Denn drüben bei Krüger (Haus Nr. 17) begann die Invasion.

Herr Meier saß nicht auf seiner Terrasse.
Er thronte dort.
Vor ihm:

- Eine eiskalte Flasche Bier (sein "Beobachtungsbier").

- Ein Fernglas (mit militärischer Präzision eingestellt).

- Sein Notizblock (drei Spalten: Uhrzeit – Verstoß – Täter).

Und er sah es kommen.

Auf dem Rasen bei Krüger (Nr. 17) formte sich ein Szenario, das Meier in den Wahnsinn trieb.

- Zeltgestänge (glänzendes Aluminium, typisch "Partyzelt-Mo-dell 4x6 Meter")

- Weiße Planen (noch nicht befestigt, aber Meier sah es kom-men).

- Bierkästen (mindestens drei, übereinandergestapelt).

- Ein Grill, der bereits rauchte (und das war kein Grillanzünder – das war Kriegsvorbereitung).

Meier nahm das Fernglas hoch.
Zoom. Fokus. Ziel erfasst.

Er sah Krüger in Shorts und "Grillmeister"-Schürze.
Und da war noch mehr:

- Zwei weitere Männer.

- Bluetooth-Lautsprecher - mit blinkendem blauen Licht.

Meier rieb sich das Kinn.
"Ihr kleinen Schweine. Ihr wollt eine Party schmeißen. Eine unge-
fragte, unangemeldete, illegale Party."

Er nahm das Notizblatt und schrieb:

16:47 Uhr – Aufbau von Partyzelt (Verstoß gegen das Bauordnungs-
gesetz § 13b "Vorübergehende Bauten")

Er grinste.
"Das wird teuer, Krüger."

16:55 Uhr – Die Eröffnung der Hölle

Plötzlich: Musik.
Nicht leise.
Nicht dezent.

Laut. Zu laut.

Der erste Track war "Cordula Grün".
Die Art von Lied, die in jeder Partymeute zu drei Dingen führt:

- Getrampel.

- Geschreie.

- Der erste "WOOOH"-Schrei.

Und genau dieser kam.
"WOOOH!" rief einer der Typen bei Krüger.

Meier zuckte zusammen.
Er nahm einen Stift, klappte den Notizblock auf und schrieb:

16:58 Uhr – Lärmbelästigung (Cordula Grün, WOOOH-Schrei, Kategorie 7 von 10)

Er lehnte sich zurück, nahm einen langen Schluck Bier und wischte sich den Schaum vom Mund.
"Jetzt reicht's."

17:05 Uhr – Die Vorbereitung des Feldzugs

Meier betrat die Küche, wo Hildegard gerade Nudelsalat zubereitete.
"Was ist los, Meier?" fragte sie, ohne ihn anzusehen.

"Krüger hat das Zelt aufgebaut. Jetzt läuft Musik."

"Na und? Vielleicht feiert er 'nen Geburtstag."

"Das ist kein Geburtstag, Hildegard. Das ist 'ne Massenveranstaltung. Und ich garantiere dir, wenn es dunkel wird, kommt 'Atemlos' und dann kannst du nicht mehr schlafen."

Hildegard lachte.
"Du bist echt ein Arschloch, Meier."

"Ja, ja. Aber ein konsequentes Arschloch."

Er schnappte sich das Festnetztelefon und tippte die 110.

"Polizei Notruf, was ist Ihr Anliegen?"

"Ja, hier ist Meier aus der Kirchfeldstraße. Wir haben hier eine unerlaubte Großveranstaltung."

"Was genau meinen Sie mit 'Großveranstaltung'?"

"Zelt. Grill. Musik. Elf Personen. Die Bluetooth-Box leuchtet wie ein UFO."

Der Polizist klang genervt.
"Wie viele Personen sind es genau?"

Meier ging zurück zur Terrasse, nahm das Fernglas hoch.
"Moment... sechs... acht... elf. Ja, elf Leute. Und da kommt gerade noch einer. Zwölf. ZWÖLF!"

"Okay, wir schicken eine Streife."

Meier grinste.
"Macht es ordentlich, Jungs. Bringt Klemmbretter mit."

18:00 Uhr – Die Sirenen der Gerechtigkeit

Blaulicht. Sirenen.
Ein Polizeiwagen bog langsam in die Kirchfeldstraße ein.

Meier stand in seinem Wohnzimmer, am Fenster, die Bierflasche in der Hand.
Er trank langsam. Genüsslich.
Das war der Geschmack des Sieges.

Der Polizeiwagen hielt vor Haus Nr. 17.
Zwei Polizisten stiegen aus:

- Ein Typ mit breiten Schultern und Sonnenbrille.

- Eine Polizistin mit Klemmbrett, die aussah, als hätte sie keine Geduld für irgendeinen Mist.

Krüger war am Grill.
Schürze um, Zange in der Hand.
Er sah die Polizisten kommen – und er wusste.

Oh ja, er wusste.

18:10 Uhr – Die Eskalation

Polizist:
"Guten Tag. Wir haben eine Beschwerde wegen Lärmbelästigung und unerlaubter Veranstaltung erhalten."

Krüger:
"WAS FÜR 'NE VERANSTALTUNG?! DAS IST NE GRILLPARTY!"

Die Polizistin:
"Mit Partyzelt? Grill? Bluetooth-Box? Mehr als 10 Personen?"

Krüger:
"EY, DAS IST MEIN GARTEN! ICH MACH HIER WAS ICH WILL!"

Polizist:
"Das sagen sie alle."

Krüger drehte den Kopf.
Sein Blick wanderte zu Haus Nr. 23.
Er sah es.

Meier stand am Fenster.
Mit Bier in der Hand.

Krüger wusste.
Er wusste es sofort.

Er hob die Grillzange wie ein Schwert.
"MEIER, DU VERDAMMTES ARSCHLOCH!"

Meier hob die Bierflasche.
Langsam. Feierlich. Prost.

18:30 Uhr – Die Abrechnung

Die Polizisten gingen durch die Gästeliste.
Personalausweise wurden kontrolliert.
Der Grill wurde begutachtet.

Polizistin:
"Offenes Feuer ohne Feuerschale? Das gibt 'nen Vermerk."

Krüger:
"ICH MACH DEN GRILL AUS, OKAY?!"

Polizist:
"Zu spät. Protokoll ist Protokoll."

Die Polizisten schrieben.
Krüger knirschte mit den Zähnen.

Von der anderen Straßenseite rief Schmitz (Nr. 25):
"HEY, MEIER! HAST DU WIEDER DEN BLOCKWART RAUSGE-
HOLT?!"

Meier lehnte sich aus dem Fenster.
"Ja, Schmitz. Und heute krieg ich 'ne Prämie."

Schmitz lachte laut.
"DU BIST DAS DRECKIGSTE ARSCHLOCH DER STRASSE, MEIER!"

Meier nahm einen Schluck Bier.
Er ließ es genüsslich laufen.
Dann, ohne zu blinzeln, sah er zu Schmitz rüber.

"Dreckig, ja. Aber ich schlafe ruhig, Schmitz."

Krüger schrie über die Straße:
"MEIER, DU WIRST NOCH SEHEN, WER ZULETZT LACHT!"

Meier grinste breit.
"Bestimmt nicht du, Krüger. Dein Grill ist aus."

Der Parkticket-Prozess
Der missbrauchte Behindertenparkplatz

Montag, 10:35 Uhr – Innenstadt von Kirchfeld

Meier war im Krieg.
Nicht gegen einen Feind aus Fleisch und Blut, sondern gegen etwas viel Schlimmeres: Die deutsche Parkplatzpolitik.

"Ein Parkplatz – EINEN VERDAMMTEN PARKPLATZ!" schrie er, als er das Lenkrad seines alten Golfs verkrampft festhielt.

Hildegard saß gelassen neben ihm, ihre Einkaufsliste wie ein Schutzschild vor dem nächsten Wutanfall.
"Meier, beruhig dich. Such einfach weiter."

"Ich habe 'nen halben Liter Sprit verfahren, um im Kreis zu fahren, Hildegard! Wenn ich jetzt keinen Parkplatz finde, raste ich aus!"

10:37 Uhr – Die Versuchung

Plötzlich sah Meier ihn: Einen freien Parkplatz.
Perfekt gelegen, direkt vor dem Supermarkt. Keine andere Chance in Sicht.

Er grinste triumphierend.
"Siehst du, Hildegard? Das Universum hat doch noch einen Funken Anstand."

Doch Hildegard zeigte wortlos aufs Schild:

"Behindertenparkplatz – nur mit gültigem Ausweis."

Meier starrte das Schild an, als hätte es ihn beleidigt.
"Natürlich. Behindertenparkplatz. Weil die ja immer leer bleiben müssen, während wir normalen Leute verrecken."

Hildegard schnaubte.
"Fahr weiter, Meier."

"Warum? Der Platz ist FREI, Hildegard. Niemand braucht ihn."

"Weil es illegal ist, du Vollidiot."

Meier lehnte sich zurück, sein Blick wurde gefährlich.
"Illegal? Weißt du, was illegal ist? Menschen 2,50 Euro für 'nen Quadratmeter Beton abzuknöpfen."

"Meier..."

"Zwei Minuten. Ich parke nur für zwei Minuten. Niemand merkt was."

10:39 Uhr – Der Schauspieler in Aktion

Meier parkte den Wagen und stieg aus.
Aber nicht wie ein normaler Mann. Oh nein.
Er griff sich sofort an den Rücken, verzog das Gesicht und stützte sich schwer auf die offene Tür.

"Ah, verdammte Bandscheibe!" jammerte er.

"Meier, was machst du da?" fragte Hildegard entsetzt.

"Was wohl? Ich bin jetzt behindert. Rücken kaputt. Bandscheibenvorfall. Zack – gültig für diesen Parkplatz."

"Du bist das größte Arschloch der Welt."

"Vielleicht. Aber ein kreatives."

Meier schloss die Tür, drehte sich langsam, immer noch die Hand am Rücken, und schlurfte Richtung Supermarkt.

Jeder Schritt war eine Meisterleistung an übertriebener Theatralik.

10:42 Uhr – Der Sheriff betritt die Szene

Meier war keine drei Meter weit gekommen, als ein kleiner grüner Wagen in die Seitenstraße einbog.
"Parkaufsicht Kirchfeld."

Ein Mann stieg aus.
Er war Mitte fünfzig, leicht untersetzt, und trug die typische orange Weste eines Mannes, der Regelverstöße auf zehn Meter Entfernung riechen konnte.

Meier blieb stehen.
"Ach du Scheiße."

Der Parkaufseher marschierte direkt auf den Behindertenparkplatz zu, musterte das Auto und zog sein Klemmbrett hervor.

Meier entschied, dass es Zeit war für die zweite Phase seines Plans: Er setzte eine Miene auf, die so schmerzverzerrt war, dass sie einem griechischen Tragödienchor würdig gewesen wäre.

10:44 Uhr – Der erste Schlagabtausch

"Guten Tag, der Herr." Der Parkaufseher klopfte höflich.
"Ihr Behindertenausweis, bitte."

Meier stützte sich schwer auf die Motorhaube, keuchte und sah den Mann an, als wäre er gerade von einem Attentat überrascht worden.

"Ausweis? Ach du meine Güte, ich hab den... ich hab den wohl im anderen Auto vergessen."

"Das ist ungünstig. Ohne Ausweis darf hier niemand parken."

Meier hob beschwichtigend die Hände.
"Schauen Sie mich doch mal an. Glauben Sie wirklich, ich mach hier

'nen Witz? Meine Bandscheibe ist so kaputt, dass ich mir vorkomme wie ein zerquetschter Akkordeonspieler."

Der Parkaufseher nickte langsam, zog seinen Stift hervor und begann zu schreiben.
"Verstehe. Aber ohne Ausweis bleibt es leider ein Verstoß. Das kostet Sie 55 Euro."

Meier riss die Augen auf.
"55 Euro?! Wissen Sie, wie viel Physiotherapie ich für 55 Euro kriege?!"

"Nein. Aber ich weiß, wie viel ein Strafzettel kostet."

10:47 Uhr – Der große Test

"Hören Sie, Herr...?" Meier blickte ihn auffordernd an.

"Krause."

"Hören Sie, Herr Krause. Ich verstehe ja, dass Sie nur Ihren Job machen. Aber wenn ich das Auto jetzt wegfahre, können wir dann nicht einfach... vergessen, dass ich hier war?"

Krause hob die Augenbrauen.
"Das kommt drauf an. Wie stark ist Ihre Behinderung?"

Meier spürte, dass er keine Wahl hatte.

Er drückte sich langsam hoch, die Hand weiterhin schmerzverzerrt an den Rücken gepresst, und begann, sich vorsichtig in Richtung Beifahrerseite zu bewegen.

"Ich... kann kaum laufen. Jede Bewegung ist die Hölle."

"Interessant. Dann könnten Sie mir doch sicher zeigen, wie Sie in Ihr Auto einsteigen, oder?"

10:49 Uhr – Der Moment der Blamage

Meier nickte zögernd und begann, sich langsam zurück zum Fahrersitz zu schleppen.
Er stöhnte, ächzte, keuchte – und stolperte beinahe, als er die Tür erreichte.

Doch dann passierte es.

Ein kleiner Junge auf einem Roller raste direkt an ihm vorbei und streifte leicht die offene Autotür.

"HEY, PASS AUF!" schrie Meier – und vergaß dabei komplett, weiter gebückt zu bleiben.

Er richtete sich blitzschnell auf, rannte zwei Schritte hinter dem Jungen her und stoppte abrupt.

Der Fehler war gemacht.

Krause starrte ihn mit einem Gesichtsausdruck an, der zwischen Belustigung und Triumph schwankte.

"Der Rücken sieht plötzlich ganz gut aus, Herr Meier."

Meier drehte sich langsam um, die Hände in die Taschen gesteckt.
"Das… war das Adrenalin. Wissen Sie, das gibt manchmal einen kurzen Schub."

"Natürlich." Krause zog den Stift hervor und schrieb weiter.

"Ich erhöhe die Strafe auf 80 Euro wegen Missbrauchs eines Behindertenparkplatzes. Und das hier…"

Er hob das Handy mit einem Foto von Meiers Sprint.
"Das speichere ich für mein Album 'Die besten Ausreden'."

11:10 Uhr – Der letzte Hohn

Hildegard kam mit zwei vollen Einkaufstüten aus dem Supermarkt und sah Meier, wie er still neben dem Auto stand, den Strafzettel in der Hand.

"Was hast du diesmal angestellt?"

"Ich habe... einen kleinen Fehler gemacht."

"Ach ja? Wie hoch ist die Rechnung?"

"80 Euro."

Hildegard lachte so laut, dass sie fast die Tüten fallen ließ.
"Du bist echt das größte Arschloch dieser Stadt."

Meier nickte langsam, griff ins Auto und zog eine Flasche Bier hervor. Er öffnete sie, nahm einen langen Schluck und lehnte sich zurück.

"Vielleicht bin ich ein Arschloch, Hildegard. Aber ich bin ein Arschloch mit Stil."

Das 5-Sterne-Desaster

Ein Restaurantbesuch wird zur Farce, die Kellner stehen kurz vor dem Kollaps

Freitag, 19:10 Uhr – "La Belle Cuisine", Kirchfeld

"Ein schöner Abend, Meier. Ein bisschen gutes Essen, ein bisschen Romantik. Versuch bitte nicht, alles zu ruinieren."

Hildegard sprach den Satz, als würde sie mit einem bockigen Kind reden.

"Romantik? In 'nem Restaurant, wo das billigste Gericht mehr kostet als unser Wocheneinkauf? Ich bin nicht romantisch, Hildegard, ich bin vernünftig."

Das "La Belle Cuisine" war ein Glaspalast des Snobismus.

Überall funkelte es, die Gäste sahen aus, als würden sie sich beim Essen selbst bewerben, und die Speisekarten waren so aufwendig gestaltet, dass man sie als Kunst verkaufen könnte.

Ein steifer Kellner mit zurückgegeltem Haar und einem Gesicht wie ein ungenießbarer Camembert führte sie zu einem Tisch.

"Hier, meine Dame, mein Herr. Ein schöner Platz für den Abend."

Meier setzte sich mit einem Plumps hin und murmelte:
"Schöner Platz? Ich sitze näher an dem Typen am Nachbartisch als an meiner Frau."

"Meier, noch ein Spruch und ich bestell dich als Dessert für den Chefkoch," zischte Hildegard.

19:25 Uhr – Die Bestellung wird zum Krimi

Der Kellner kehrte zurück, die Hände hinter dem Rücken verschränkt, und sprach mit einer übertriebenen Höflichkeit, die Meier sofort die Nackenhaare aufstellte.

"Haben Sie sich entschieden?"

Hildegard bestellte mit einem Lächeln:
"Für mich das Confit de Canard und ein Glas Weißwein, bitte."

Der Kellner nickte zufrieden und drehte sich zu Meier.

"Und für Sie, mein Herr?"

Meier legte die Karte weg und sah ihn an, als würde er sich einen Spaß daraus machen, den Mann zu verwirren.

"Haben Sie 'ne große fette Frikadelle? Mit Kartoffelsalat?"

Der Kellner zuckte leicht zusammen, als hätte Meier ihn auf Französisch beleidigt.

"Entschuldigung, nein."

"Gut, dann nehme ich 'nen ordentlichen Linseneintopf. Schön deftig. Mit Wurst."

Hildegard schlug mit der flachen Hand auf den Tisch.
"Meier, verdammt, wir sind nicht bei 'Oma Liesel kocht'. Er nimmt das Steak. Medium. Und ein Bier."

"Ich wollte kein Steak, Hildegard."

"Und ich wollte keinen Ehemann mit dem Charme eines Mülleimers, aber schau, wo wir jetzt sind."

19:40 Uhr – Meiers Groll wächst

Während sie auf das Essen warteten, begann Meier seine Umgebung zu analysieren – und sofort zu kritisieren.

"Sieh dir die Leute an, Hildegard. Die tun alle so, als wären sie in 'nem Film. Wer genießt denn so steif? Das ist 'ne Essens-Show, keine Mahlzeit."

"Und du bist der Zuschauer, der sich wie ein Clown aufführt, Meier. Leg doch mal kurz die Fresse still."

"Ich sag ja nur: Die könnten genauso gut mit den Fingern essen, so klein wie die Portionen hier bestimmt sind."

Hildegard verdrehte die Augen und zückte ihre Serviette, als würde sie sich vor einem drohenden Angriff schützen.

20:00 Uhr – Das Essen wird zur Lachnummer

Der Kellner brachte die Teller mit einer Präzision, die Meier absurd fand.
"Für die Dame das Confit de Canard. Und für den Herrn das Steak. Medium."

Meier blickte auf seinen Teller und zog die Augenbrauen hoch.
"Ist das 'ne Vorspeise? Wo ist der Rest vom Steak? Hat der Koch abgebissen?"

Der Kellner ignorierte ihn und verschwand.

Hildegard nahm ihren ersten Bissen und schloss genießerisch die Augen. "Mmmh, Meier, das ist himmlisch."

"Himmlisch? Dein Teller sieht aus, als hätte ein Künstler 'nen Unfall mit 'ner Entenleiche inszeniert."

"Meier, iss einfach."

Meier schnitt ein Stück von seinem Steak ab, kaute und nickte langsam.

"Okay, das schmeckt. Aber für 29 Euro hätte ich erwartet, dass das Fleisch wenigstens 'Guten Abend' zu mir sagt."

20:15 Uhr – Die Rechnung eskaliert

Die Rechnung kam. Meier schnappte sie sofort und las laut vor: "65,50 Euro für 'ne halbe Portion und 'nen Weißwein? Das ist ja die pure Abzocke!"

"Meier, leg das Ding hin."

"Nein, Hildegard. Weißt du, was ich jetzt mache? Ich gebe diesem Laden die Bewertung, die er verdient."

Er zückte sein Handy und begann zu tippen:

"1 Stern. Überteuert, Portionen winzig, und der Kellner hatte den Charme eines abgelaufenen Joghurts. Nie wieder."

"Meier, ich schwöre dir, wenn du das absendest, schmier ich dir das Confit de Canard ins Gesicht."

Meier grinste.
"Trau dich doch. Dann hab ich wenigstens 'ne volle Mahlzeit."

20:20 Uhr – Der Showdown

Der Kellner kehrte zurück, diesmal mit einer Mine, die sagte: "Ich habe schon schlimmere Gäste gesehen, aber Sie gehören in die Hall of Fame."

"War alles zu Ihrer Zufriedenheit?" fragte er, das Gesicht immer noch unbewegt.

Meier grinste breit.
"Oh ja. Ich hatte jede Menge Spaß. Vor allem, als ich nach meinem Steak suchen musste. Nächstes Mal bring ich 'ne Lupe mit."

Hildegard konnte nicht mehr. Sie sprang auf, die Serviette fiel zu Boden, und sie starrte Meier an.

"Weißt du, Meier, du bist wie 'ne kaputte Klospülung: Laut, nervig, und keiner weiß, wie man dich repariert."

Meier lachte trocken, stand auf und zog seine Jacke an.

"Und du, Hildegard, bist wie dieses Restaurant: protzig, teuer, und jeder fragt sich, warum man dich überhaupt noch bucht."

Hildegard packte ihre Tasche, drehte sich um und zischte:
"Weißt du was, Meier? Ich hoffe, dein Steak verfolgt dich im Schlaf."

Meier grinste.
"Das wäre mehr, als ich davon auf meinem Teller hatte."

Die große Steuer-Tragödie

Meier opfert ein Wochenende, um sich mit der Steuererklärung herumzuschlagen, und stellt die Beziehung zu Hildegard auf eine harte Probe

Samstag, 09:45 Uhr – Der Auftakt des Grauens

Das Wochenende hatte gerade erst begonnen, und die Sonne malte warme Strahlen auf die friedliche Kirchfeldstraße.
Bei den Meiers jedoch braute sich ein Sturm zusammen.

Herr Meier stand mitten im Wohnzimmer, mit der Stirn in Falten gelegt, die Hände in die Hüften gestemmt.
Vor ihm: Ein riesiger Berg Papier. Quittungen, Kontoauszüge, leere Kaffeetassen – die Schlachtfelder der Steuererklärung.

Hildegard kam aus der Küche, eine Tasse Tee in der Hand, und blieb wie angewurzelt stehen.
"Meier, was soll das hier? Sieht aus, als hätte jemand das Finanzamt explodieren lassen."

"Das ist keine Explosion, Hildegard. Das ist Präzision."
Er zeigte auf die Papiere.
"Heute mach ich die Steuererklärung. Alles muss perfekt sein."

"Heute? Am Samstag? Meier, du ruinierst unser Wochenende!"

Meier schnaufte.
"Weißt du, wer unser Wochenende wirklich ruiniert? Das Finanzamt. Die wollen alles wissen. Wie ich arbeite, wo ich arbeite, mit wem ich arbeite... Irgendwann fragen die noch, ob ich links oder rechts wische, wenn ich auf dem Klo sitze!"

Hildegard setzte sich mit verschränkten Armen aufs Sofa.
"Wahrscheinlich wischen die dir direkt den Hintern ab, wenn du weiter so jammerst."

10:05 Uhr – Die Schlacht beginnt

Meier hatte seine Arbeitsmaterialien zusammengesucht:

- Ein dicker Ordner mit dem Label "Steuern 2023".

- Ein Taschenrechner, der aussah, als hätte er den letzten Krieg überlebt.

- Und eine Tasse Kaffee, die bald durch Bier ersetzt werden sollte.

Er setzte sich an den Esstisch, griff nach der Anlage N und begann zu lesen. Doch nach zwei Minuten runzelte er die Stirn.

"Werbungskosten... Entfernungspauschale..." Er hielt inne und murmelte:
"Sind das 30 Cent pro Kilometer? Oder 35?"

"Frag Google, Meier," rief Hildegard aus dem Wohnzimmer.
"Oder frag jemanden, der mehr Ahnung hat als ein Toastbrot."

"Ich brauch Google nicht! Ich hab das alles im Kopf."

"Ja? Dann such mal schneller, Meier. Dein Kopf scheint 'ne Baustelle ohne Bauarbeiter zu sein."

10:30 Uhr – Die ersten Nerven liegen blank

Eine halbe Stunde später war Meier immer noch bei der Entfernungspauschale. Er hatte vier verschiedene Beträge auf einen Zettel geschrieben, aber keiner davon ergab Sinn.

"Hildegard!" rief er plötzlich.
"Wo sind die Tankquittungen vom letzten Jahr?"

"Die hab ich dir gegeben, Meier. Im November. Genau da, wo du alles verlierst."

Meier sprang auf, wühlte in einem Stapel Papier und zog ein paar zerknitterte Belege hervor.
"Da sind sie ja! Ich verliere nichts, Hildegard. Ich bin organisiert."

Hildegard zog die Augenbrauen hoch.
"Organisiert? Meier, dein Schreibtisch sieht aus, als hätte ein Eichhörnchen versucht, eine Steuerprüfung zu machen."

Meier ignorierte sie und setzte sich wieder an den Tisch.
Er tippte auf dem Taschenrechner herum, verzog das Gesicht und murmelte:
"Das kann doch nicht stimmen... Warum hab ich so wenig abgesetzt?"

Hildegard stand in der Tür und stützte die Hände in die Hüften.
"Weil du letztes Jahr einen Fehler gemacht hast, Meier. Wie immer."

"Ich mache keine Fehler, Hildegard. Das System ist fehlerhaft."

"Das Einzige, was fehlerhaft ist, ist dein Hirn."

12:00 Uhr – Der erste Zusammenbruch

Meier hatte inzwischen drei Formulare ausgefüllt, aber sein Gesichtsausdruck sagte, dass er noch 300 vor sich hatte.
Sein Stuhl knarrte bedrohlich, als er sich zurücklehnte und seufzte.

"Weißt du, Hildegard, das hier ist kein Steuerformular. Das ist ein Verhör. Die wollen alles wissen. Wie ich atme, wie ich sitze, wahrscheinlich noch, wie ich furze."

Hildegard, die inzwischen auf dem Sofa lag und in einer Zeitschrift blätterte, lachte trocken.

"Wenn die das wüssten, würden sie dir Strafzinsen aufbrummen, Meier."

"Haha, sehr witzig. Aber weißt du was? Ich krieg das hier hin. Ich spar uns Geld, Hildegard. Große Summen."

"Große Summen? Meier, das Einzige, was du sparst, ist Platz in deinem Gehirn. Und davon hast du reichlich."

14:00 Uhr – Der Drucker wird zum Feind

Nach mehreren Stunden harter Arbeit – unterbrochen von Flüchen, Kaffeepausen und einem Kurzstreit über die Kaffeesteuer – war Meier bereit, die Formulare auszudrucken.

Er drückte auf "Drucken" und lehnte sich zurück.

Doch statt des erlösenden Geräuschs eines Druckers ertönte ein Piepen.
"Papierstau."

Meier sprang auf.
"Papierstau?! Nach allem, was ich durchgemacht hab, jetzt auch noch das!"

Er öffnete die Klappe, zog hektisch an den Papieren und rief:
"Hildegard! Der Drucker sabotiert mich!"

Hildegard kam ins Wohnzimmer und verschränkte die Arme.
"Vielleicht will der Drucker dich einfach schützen, Meier. Vor dir selbst."

"Sehr witzig. Hilf mir lieber."

Hildegard beugte sich über den Drucker, zog ein Blatt heraus und hielt es ihm vor die Nase.

"Da. Dein Steuerkunstwerk. Zufrieden?"

"Noch nicht. Das Ding muss raus. Und zwar fehlerfrei."

17:00 Uhr – Das große Finale

Nach fast acht Stunden war es geschafft.
Meier hatte alles ausgefüllt, die Ausdrucke lagen vor ihm, und seine Augen flackerten vor Erschöpfung.

"Fertig, Hildegard. Es ist vorbei. Ich hab gewonnen."

Hildegard saß mit einem Glas Wein im Sessel und schüttelte den Kopf.

"Gewonnen? Meier, du bist wie 'ne alte Brezel. Hart, verdreht, und keiner weiß, warum man dich noch behält."

Meier ignorierte sie und hielt die Formulare triumphierend hoch.

"Weißt du, was das ist, Hildegard? Das ist Freiheit. Ich hab der Bürokratie ins Gesicht gespuckt."

"Bürokratie? Meier, du hast dich heute selbst besiegt. Das Finanzamt braucht bei dir keine Beamten. Die schicken einfach 'ne Tüte Luft, und du brichst zusammen."

Meier schnappte sich seine Jacke.

"Weißt du was, Hildegard? Ich gönn mir jetzt 'ne Currywurst. Und du kannst deinen Sarkasmus in die Steuerpauschale drücken."

Hildegard lachte und nahm einen großen Schluck Wein.

"Geh nur, Meier. Vielleicht schaffst du's ja, die Wurst abzusetzen. Aber denk dran, schreib keine Quittung aus – sonst reißt dir das Finanzamt dein letztes Haar raus!"

E-Mobilität – Lade mich, wenn du kannst!

Meier versucht mit der Zukunft Schritt zu halten

Samstag, 10:00 Uhr – Der Beginn des Untergangs

Es war offiziell: Herr Meier war jetzt Teil der "grünen Revolution". Auf dem Parkplatz vor seinem Haus stand sein neuer Firmenwagen: Ein vollelektrischer SUV, glänzend weiß und so futuristisch, dass er aussah, als könnte er gleich zum Mond fliegen.

Meier verschränkte die Arme und betrachtete das Fahrzeug skeptisch.

"Das Ding sieht aus, als würde es nachts heimlich das WLAN hacken."

Hildegard, die stolz danebenstand, schüttelte den Kopf.
"Meier, das ist Fortschritt. Endlich sind wir Teil der Zukunft."

"Zukunft? Ich seh keine Zukunft. Ich seh ein Auto, das mich gleich anruft und nach meinem Passwort fragt."

"Du wolltest sparen, Meier. Der Staat gibt uns 'ne Förderung, und wir zahlen weniger Sprit."

"Dafür werd ich jetzt wahrscheinlich arm an der Steckdose."

Hildegard fuchtelte mit dem Autoschlüssel vor seiner Nase.

"Setz dich rein und fahr. Vielleicht findest du ja raus, dass Fortschritt auch Spaß machen kann, du Fossil."

Meier schnappte sich den Schlüssel, stieg ein und drückte den Startknopf. Das Auto summte leise.

"Das ist kein Motorgeräusch, Hildegard. Das ist 'ne Zahnbürste auf Rädern."

10:30 Uhr – Die erste Ausfahrt

Die erste Fahrt verlief überraschend reibungslos.
Das Auto rollte lautlos durch die Kirchfelder Straßen, und Meier musste zugeben, dass die Beschleunigung... beeindruckend war.

"Hildegard, guck dir das an! Der zieht ja besser als dein verdammter Staubsauger."

"Toll, Meier. Ein Lob von dir ist wie ein Lottogewinn: selten und irgendwie enttäuschend."

"Na gut. Es fährt sich okay. Aber warte, bis ich den Akku laden muss. Dann steh ich wahrscheinlich stundenlang an 'ner Ladesäule und diskutiere mit 'nem anderen Idioten, wer zuerst dran darf."

Hildegard schnaubte.
"Du bist der einzige Idiot, Meier. Das Navi zeigt die nächste freie Ladesäule an. Alles geregelt."

"Freie Ladesäule? Freie Plätze gibt's nur in deinem Kopf, Hildegard."

11:15 Uhr – Die Suche beginnt

Nach einer knappen Stunde Fahrt kam die erste Warnmeldung auf dem riesigen Display:

"Akkustand niedrig – bitte laden Sie das Fahrzeug."

Meier starrte auf die Meldung, als hätte das Auto ihn persönlich beleidigt.

"Was soll das heißen: Akku leer? Ich bin doch gerade mal 'ne Stunde unterwegs!"

Hildegard tippte auf den Bildschirm.
"Hier. Da ist 'ne Ladesäule, drei Kilometer entfernt. Fahr einfach hin."

Meier schnaubte und bog ab.

"Drei Kilometer? Hoffentlich reicht der Saft noch, sonst müssen wir das Ding schieben. Ich sag's dir, Hildegard: Esel wären die bessere Wahl. Die brauchen keinen Strom und haben mehr Charakter als das hier."

11:30 Uhr – Der erste Kampf an der Ladesäule

Sie erreichten die Ladesäule auf einem Supermarktparkplatz. Zwei Plätze waren für Elektroautos reserviert.

Doch beide Plätze waren blockiert:

- Auf dem ersten stand ein alter Benziner, dessen Fahrer offenbar die Schilder ignoriert hatte.
- Auf dem zweiten Platz parkte tatsächlich ein Elektroauto – aber es war nicht angeschlossen.

"Na toll! Die Zukunft ist da, und sie steht im Weg."

Meier schlug auf das Lenkrad ein.

"Da parkt einer mit 'nem Benziner, und der andere blockiert einfach so. Soll ich dem 'ne Nachricht schreiben? 'Herzlichen Glückwunsch, Sie sind offiziell ein Hindernis'?"

Hildegard schüttelte den Kopf.

"Fahr zur nächsten Säule, Meier. Das Navi zeigt noch eine in zwei Kilometern."

"Noch eine? Das ist kein Ladesystem, Hildegard. Das ist 'ne Schnitzeljagd für Erwachsene."

12:00 Uhr – Der Frust nimmt zu

An der nächsten Ladesäule schien das Glück auf ihrer Seite: Ein Platz war frei. Meier parkte ein, stieg aus und betrachtete die Kabel.

"Das sieht aus wie die Verkabelung im Raumschiff Enterprise. Braucht man dafür 'nen Diplomkurs?"

Hildegard griff nach der Anleitung an der Säule.
"Stecker rein, Karte scannen, laden. Das schaffst sogar du."

"Ach ja? Wetten, dass das Ding gleich wieder meckert?"

Meier griff nach dem Stecker, drückte ihn in die Ladebuchse und hielt seine Ladekarte ans Terminal. Nichts passierte.

Er versuchte es erneut. Wieder nichts.

"Das verdammte Ding erkennt meine Karte nicht!"

Hildegard schnappte ihm die Karte weg.
"Vielleicht hast du 'nen Magnetstreifen wie ein toter Fisch. Versuch die Bankkarte."

"Die Bankkarte? Hildegard, das ist 'ne Ladesäule, kein Bankautomat!"

Plötzlich erschien eine Fehlermeldung:
"Technischer Fehler – bitte versuchen Sie es später erneut."

Meier trat einen Schritt zurück, ballte die Fäuste und brüllte:
"SPÄTER? ICH HAB 'N LEEREN AKKU, DU DRECKSKISTE!"

12:45 Uhr – Die Eskalation

Nachdem sie vier weitere Ladesäulen angefahren hatten – alle entweder besetzt, kaputt oder außer Betrieb –, war Meier nur noch ein Schatten seiner selbst.

"Das ist die scheiß Zukunft, Hildegard! Stundenlang rumeiern, nur um die Karre anzustecken. Ich hätte mir 'nen Stromgenerator kaufen sollen und das Ding auf'm Anhänger mitnehmen können!"

"Oder du lernst, mal die Nerven zu behalten, Meier. Du bist wie 'n lauter Toaster: immer am Durchbrennen."

Meier parkte an der fünften Säule, stieg aus und zog das Kabel hervor. Diesmal funktionierte es – zumindest fast.

Das Display zeigte an:
"Ladevorgang gestartet. Kosten: 49 Cent pro Kilowattstunde."

Meier starrte auf die Anzeige und holte tief Luft.
"49 Cent? Da kostet der Saft mehr als 'ne Flasche Sekt!"

"Meier, sei froh, dass du überhaupt laden kannst."

Doch plötzlich piepte das Auto und der Ladevorgang brach ab.
"Kabel nicht korrekt angeschlossen."

Meier riss am Kabel.
"Das Ding steckt so fest, dass ich damit 'nen Baum ausreißen könnte! Kabel nicht korrekt angeschlossen? Das Ding lügt!"

Ein anderer Elektroautofahrer, der gerade an der Säule nebenan parkte, warf Meier einen genervten Blick zu.
"Entschuldigung, könnten Sie mal leiser sein? Ich versuche hier zu laden."

Meier drehte sich um, die Hände in die Hüften gestemmt.
"Leiser? Wissen Sie, was ich versuche? Zu ÜBERLEBEN! Mit dieser Dreckstechnologie!"

Hildegard schob sich zwischen die beiden.
"Komm, Meier. Setz dich ins Auto, bevor du noch 'ne Anzeige kriegst."

14:00 Uhr – Das Ende der Geduld

Nach weiteren zwei Stunden Ladechaos – und einem knappen Stromvorrat, der gerade mal für die Heimfahrt reichte – gab Meier auf.

Er stieg ins Auto, startete es und knurrte:
"Weißt du was, Hildegard? Morgen fahr ich das Ding zurück zum Händler. Soll der sich mit seiner verdammten Zukunft rumschlagen."

Hildegard lehnte sich zurück und schüttelte den Kopf.
"Tolle Idee, Meier. Vielleicht gibst du ihm direkt 'nen Eselskarren in Zahlung. Der hat weniger Ladeprobleme."

Meier starrte geradeaus.
"Oder wir holen uns 'nen Bollerwagen. Der braucht keinen Akku und hat weniger Attitüde als dieses Scheißteil."

Hildegard grinste und klopfte ihm auf die Schulter.
"Und wer zieht den Bollerwagen, Meier? Dein Ego? Das hat ja genug PS."

Rauchmelder-Krieg

Meier nimmt mitten in der Nacht den Kampf gegen piepende Rauchmelder auf

Samstag, 02:57 Uhr – Meiers Schlafzimmer

Es war tiefste Nacht. Das Schlafzimmer der Meiers lag in völliger Dunkelheit, nur das leise Schnarchen von Hildegard und das laute Röcheln von Meier erfüllten die Stille.
Die Kirchfeldstraße schlief, die Welt war in Frieden.

Bis es passierte.

"PIEP."

Meier riss die Augen auf, sein Herz setzte einen Schlag aus.
"Was zur Hölle war das?" murmelte er und starrte in die Dunkelheit.

"PIEP."

Er setzte sich auf, kratzte sich den Kopf und lauschte angestrengt.
Hildegard drehte sich müde zur Seite.
"Leg dich wieder hin, Meier. Das war bestimmt draußen."

"Draußen? Hildegard, das war hier drinnen."

"PIEP."

"Hörst du das?! Es piept! Irgendwas piept!"

Hildegard stöhnte und zog sich die Decke über den Kopf.
"Dann piept's halt. Ignorier es."

Meier schnaubte.
"Ignorieren? Das ist der Rauchmelder! Wenn der weiterpiept, krieg ich 'nen Herzinfarkt."

"PIEP."

03:05 Uhr – Die Suche nach dem Übeltäter

Meier stapfte im Schlafanzug durch den Flur, seine Schritte hallten auf den Fliesen. Er blieb unter dem Rauchmelder stehen und starrte ihn an, als könnte er ihn zum Schweigen zwingen.

"Okay, du kleiner Mistkerl, bist du das?" murmelte er.

Hildegard rief aus dem Schlafzimmer:
"Meier, redest du mit dem Rauchmelder? Vielleicht kann er dir auch gleich antworten."

"Hör auf, lustig zu sein, Hildegard. Das hier ist ernst."

Meier zog einen Stuhl heran, kletterte darauf und drückte auf den Testknopf des Rauchmelders. Ein lautes, schrilles Geräusch erfüllte den Flur.

"Verdammt! Jetzt hab ich ihn wütend gemacht."

Hildegard erschien im Flur, die Haare zerzaust und ein Kissen in der Hand.
"Meier, du bist wie 'n schlecht programmierter Roboter: laut, nervig und komplett unbrauchbar."

"Sehr witzig, Hildegard. Wo sind die Ersatzbatterien?"

"Im Keller. Viel Spaß."

03:15 Uhr – Im Keller der Verzweiflung

Der Keller war dunkel, kalt und voller Kram, den Meier seit Jahren nicht angerührt hatte. Er suchte mit einer Taschenlampe durch die Regale, während er leise vor sich hin fluchte.

"Ersatzbatterien, Ersatzbatterien... Warum haben wir nicht einfach Kerzen und ein Pferd? Dann müsste ich das hier nicht machen."

Nach zehn Minuten entdeckte er eine alte Packung Batterien. Sie lag unter einem Haufen Weihnachtsdekoration, die ihm prompt auf den Kopf fiel, als er sie herauszog.

"Aua! Ich werd von 'nem Tannenbaum angegriffen!"

03:30 Uhr – Der Austausch der Batterien

Meier kletterte zurück auf den Stuhl, öffnete den Rauchmelder und wechselte die Batterie.
Hildegard stand mit verschränkten Armen daneben.

"Pass auf, dass du nicht runterfällst, Meier. Sonst musst du den Rettungssanitätern erklären, warum du mitten in der Nacht 'nen Wutanfall auf 'nen Plastikklotz hattest."

"Wenn ich runterfalle, Hildegard, dann bitte ich die Sanitäter gleich, dich mitzunehmen. Du bist schlimmer als der Rauchmelder."

"Kein Problem, Meier. Aber nur, wenn ich vorher den Stecker bei dir ziehe."

Meier schraubte den Rauchmelder wieder an die Decke und stieg von der Leiter. "So. Jetzt ist Ruhe."

Doch kaum hatte er sich hingesetzt, ertönte aus einem anderen Raum:

"PIEP."

03:45 Uhr – Der totale Wahnsinn

Meier rannte in die Küche und starrte den Rauchmelder dort an.

"Du verdammter Saboteur. Du steckst mit dem Flurmelder unter einer Decke, was?"

Hildegard schüttelte den Kopf.

"Weißt du, Meier, irgendwann entdeckst du, dass du genauso funktionierst wie die Rauchmelder. Immer piepsen, wenn keiner danach gefragt hat."

"Hör auf, mich zu beleidigen, Hildegard. Hol lieber 'nen Hammer, dann regeln wir das hier auf die altmodische Art."

"Ein Hammer? Du willst 'nen Rauchmelder zerstören? Weißt du, was die kosten?"

"Ich zahl gern, wenn ich dafür nicht in der Klapse lande!"

Meier kletterte erneut auf die Leiter, schraubte den Rauchmelder ab und wechselte die Batterie. Doch diesmal war er vorsichtiger – bis die Leiter plötzlich wackelte.

"Hilf mir, Hildegard! Die verdammte Leiter kippt!"

Hildegard blieb regungslos stehen und nippte an einem Glas Wasser.

"Ich fang dich nicht auf, Meier. Wenn du runterfällst, lernst du vielleicht endlich, dass du nicht alles allein kannst."

04:15 Uhr – Das bittere Ende

Nach fast zwei Stunden war endlich Ruhe eingekehrt. Meier saß erschöpft auf dem Sofa, der Schweiß lief ihm über die Stirn, und seine Haare standen in alle Richtungen wie ein explodierter Putzlappen. Er griff nach seinem Bier, trank einen großen Schluck und lehnte sich zurück.

"Hildegard, wir haben gewonnen. Die Rauchmelder sind ruhig."

Hildegard, inzwischen wieder im Bademantel und mit verschränkten Armen vor ihm stehend, zog eine Augenbraue hoch.

"Gewonnen? Du? Meier, du hast zwei Batterien gewechselt, dabei fast das Haus abgerissen und dich aufgeführt wie 'ne Mischung aus Rumpelstilzchen und 'nem schlecht gelaunten Papagei."

Meier ignorierte sie.

"Das ist der Klang des Friedens, Hildegard. Hörst du das? Stille. Das hab ich geschafft."

Doch bevor er den Satz beenden konnte, erklang aus dem Badezimmer:

"PIEP."

Meier sprang auf, warf das leere Bierglas in Richtung der Wand und brüllte:

"Ich zieh aus! Ich schlaf ab sofort auf der Autobahn – da piepst nichts außer den LKWs!"

Hildegard lehnte sich an die Tür, ein spöttisches Lächeln im Gesicht.

"Mach das, Meier. Aber nimm 'ne Decke mit – du frierst schneller als 'n Rauchmelder ohne Batterie. Und falls du die Polizei triffst, sag denen bitte, dass die eigentliche Katastrophe schon hier sitzt."

Protokoll des Ordnungsamtes
Meier fordert die deutsche Bürokratie heraus

Montag, 08:30 Uhr – Die glorreiche Idee

Herr Meier saß am Küchentisch, bewaffnet mit einem Bleistift und einem Notizblock.

Vor ihm lag ein ehrgeiziger Plan: ein Gartenhaus, das endlich die Lösung für all das Chaos in seinem Garten sein sollte.

"Hildegard, wir brauchen Ordnung. Fahrräder, Grill, Werkzeug – alles soll ins Gartenhaus."

Hildegard, die gerade ihren ersten Kaffee genoss, sah ihn skeptisch an.

"Meier, du und Ordnung? Das ist wie 'ne Kuh im Cockpit. Passt einfach nicht zusammen."

"Haha, sehr witzig. Aber diesmal zieh ich das durch. Ich bau ein Gartenhaus, solide und praktisch."

Hildegard nahm einen Schluck Kaffee und musterte die Zeichnung, die Meier auf den Block gekritzelt hatte.

"Was ist das? Ein Vogelkäfig? Oder planst du, 'ne Sauna für Meerschweinchen zu bauen?"

"Das ist 'n Prototyp, Hildegard. Ein funktionales Design."

"Ein funktionales Design? Meier, das Ding sieht aus, als hätte es ein Dreijähriger mit Wachsmalstiften gezeichnet."

Meier ließ sich nicht beirren.

"Hör auf zu nörgeln. Morgen geh ich ins Bürgerbüro und hol die Genehmigung."

"Na dann, viel Spaß. Aber nimm ein Buch mit. Die warten bestimmt schon darauf, dir das Leben schwer zu machen."

Dienstag, 10:00 Uhr – Das Bürokratie-Desaster

Am nächsten Morgen betrat Meier das Bürgerbüro Kirchfeld mit breiter Brust. Er zog eine Nummer und ließ sich in der stickigen Wartezone nieder. "Aktuell: Nummer 17."
Auf seinem Ticket stand "Nummer 62."

"Klasse. Ich hätte auch ein Zelt mitbringen können," murmelte er und setzte sich.

Nach zwei Stunden wurde er endlich aufgerufen. Die Sachbearbeiterin, eine Frau mit einem Gesichtsausdruck, der nur leicht weniger Freude ausstrahlte als ein Zahnarztbesuch, sah ihn über den Rand ihrer Brille hinweg an.

"Guten Tag. Was kann ich für Sie tun?"

"Ich will ein Gartenhaus bauen. Hier ist mein Plan."

Er legte seine Skizze auf den Tisch. Die Frau musterte das Blatt wie ein Archäologe ein fossiles Rätsel.

"Herr Meier, das ist keine Bauzeichnung. Das ist... naja... improvisiert."

"Improvisiert? Das ist praktisch, effizient, genial!"

"Für einen Bauantrag brauchen wir eine professionelle Bauzeichnung, einen Statik-Nachweis, einen Lageplan und die Zustimmung Ihrer Nachbarn."

Meier schnappte nach Luft.

"Statik-Nachweis? Das Ding ist aus Holz! Was soll da zusammenbrechen? Ein Eichhörnchen?"

99

Die Frau ignorierte ihn und schob ihm einen dicken Stapel Formulare zu. "Hier sind die Unterlagen. Viel Erfolg."

Mittwoch, 16:00 Uhr – Die Nachbarn schlagen zurück

Zurück zuhause begann Meier mit der Suche nach Unterschriften von seinen Nachbarn.

Er klopfte zuerst bei Herrn Schmitz, der Nachbar links von seinem Grundstück.

Schmitz öffnete die Tür mit einer halbvollen Bierflasche in der Hand.

"Was willst du, Meier?"

"Ich bau ein Gartenhaus. Ich brauch deine Unterschrift."

Schmitz nahm einen Schluck und runzelte die Stirn.

"Ein Gartenhaus? Wo willst du das denn hinstellen? Nicht etwa an die Grundstücksgrenze?"

"Doch, genau da. Das stört doch keinen."

"Mich stört's. Wenn ich grill, will ich keine Holzwand anstarren. Keine Chance, Meier."

"Ach komm schon, Schmitz. Es ist nur 'n Häuschen."

Schmitz schüttelte den Kopf.

"'N Häuschen? Bei dir wird das doch 'ne Villa mit WLAN und 'ner Alarmanlage. Such dir 'ne andere Grenze."

Meier stapfte davon, die Zähne zusammengebissen.

"Vergiss es, Schmitz. Ich hol mir 'ne Unterschrift von Krüger."

Donnerstag, 20:00 Uhr – Krüger stellt Bedingungen

Bei Frau Krüger, der Nachbarin auf der anderen Seite, lief es nicht besser. Krüger öffnete die Tür mit einer Gesichtsmaske und Lockenwicklern, die aussahen wie ein Stachelschwein.

"Was willst du, Meier?"

"Ich bau ein Gartenhaus und brauch deine Unterschrift."

Krüger zog die Augenbrauen hoch.

"Ein Gartenhaus? Das klingt verdächtig. Ist das wieder so 'n Ding, wo du Grillpartys schmeißt, die bis Mitternacht dauern?"

"Nein, Frau Krüger. Nur Fahrräder und Werkzeug, versprochen."

"Und das Ding wird nicht höher als mein Zaun, oder? Ich will meinen Garten nicht in den Schatten gestellt sehen."

"Ganz bescheiden, Frau Krüger. Zwei Meter fünfzig, maximal."

Sie zögerte, griff dann aber nach einem Stift und unterschrieb.

"Aber wehe, Meier, das wird 'n Clubhaus. Dann schick ich dir 'nen Abrisskommando."

Freitag, 15:00 Uhr – Das Ordnungsamt schlägt zurück

Mit den gesammelten Unterlagen kehrte Meier ins Bürgerbüro zurück. Diesmal saß ein Mann mit Glatze und Krawatte hinter dem Schreibtisch, der aussah, als würde er sich über jeden abgelehnten Antrag freuen.

"Herr Meier, lassen Sie uns sehen…" sagte der Sachbearbeiter und blätterte die Unterlagen durch. Nach ein paar Minuten hob er den Kopf.

"Es fehlt die Lageplan-Kopie vom Katasteramt. Ohne die können wir den Antrag nicht bearbeiten."

Meier schnappte nach Luft.

"Katasteramt? Für 'n Gartenhaus? Das ist ein schlechter Witz!"

"Regeln sind Regeln, Herr Meier. Ohne Lageplan keine Genehmigung."

Meier sprang auf, die Hände zu Fäusten geballt.

"Regeln? Ihr macht das doch absichtlich! Das hier ist kein Antrag, das ist 'ne Hinrichtung!"

Der Sachbearbeiter lächelte dünn.

"Wir können die Bürokratie nicht ändern, Herr Meier. Einen schönen Tag noch."

Samstag, 10:00 Uhr – Der anarchistische Plan

Am nächsten Morgen saß Meier in der Küche, die Formulare und Skizzen vor ihm verteilt wie die Überreste einer gescheiterten Mission.

Seine Stirn war gerunzelt, die Adern an seinen Schläfen pulsierten, und sein Gesicht leuchtete vor Wut.

Hildegard saß ihm gegenüber, entspannt, mit einem dampfenden Kaffee in der Hand, und sah ihn amüsiert an.

"Na, Meier? Ist der Traum vom Gartenhaus schon Geschichte, oder willst du dir noch mehr Blödsinn antun? Vielleicht diesmal 'ne Genehmigung für 'nen Luftschutzbunker?"

Meier knallte die Faust auf den Tisch, sodass die Skizzen bebten.

"Weißt du was, Hildegard? Mir reicht's. Ich bau das Ding. Illegal. Und wenn das Ordnungsamt anrückt, nagel ich die Typen direkt ins Dach."

Hildegard prustete vor Lachen.

"Du? Illegal? Du bist zu blöd, um 'ne Tiefkühlpizza falsch zu deklarieren. Glaubst du ernsthaft, du schaffst es, 'nen Schwarzbau zu verstecken?"

"Ich mein's ernst, Hildegard. Ich bau das Ding nachts. Mit Stirnlampe. Still, heimlich. Niemand wird es merken."

Hildegard nippte genüsslich an ihrem Kaffee.

"Ach, fantastisch. Und wenn der Schmitz dich mit seinem Fernglas entdeckt, rufst du dann die UN an, damit sie dich vor 'nem Nachbarschaftskrieg schützt?"

Meier sprang von seinem Stuhl auf, seine Werkzeugkiste in der Hand, und stapfte in Richtung Garten.

"Das wird nicht einfach nur ein Gartenhaus. Das wird ein Denkmal. Ein Denkmal gegen Bürokratie und kleinkarierte Nachbarn!"

Hildegard rief ihm hinterher, ihr Ton scharf wie eine Rasierklinge:

"Toll, Meier! Bau dir ruhig dein Denkmal. Aber pass auf, dass du nicht gleich deine eigene Zelle einrichtest – schließlich will die Bürokratie auch 'n Dach überm Kopf haben!"

Die große Heizungspanik
Meier kämpft gegen die kalten Realitäten der Energiekrise

Mittwoch, 06:30 Uhr – Eiskalte Realität

Der Winter hatte die Kirchfeldstraße fest im Griff. Draußen lagen die Temperaturen bei eisigen -8 Grad, und drinnen fühlte es sich kaum wärmer an. Im Haus der Meiers war die Stimmung ebenso frostig wie das Wohnzimmer.

Herr Meier saß am Küchentisch, in seinen dicksten Bademantel eingehüllt, die Hände um eine Tasse Kaffee gekrallt. Sein Atem bildete kleine Wölkchen in der kalten Luft.
Hildegard kam die Treppe herunter, dick eingemummelt in einen gestrickten Schal und mit ihrem wütenden Blick so scharf wie ein Schneesturm.

"Meier, was zum Teufel ist hier los? Warum ist es im Haus kälter als draußen?"

Meier nippte an seinem Kaffee, ohne sie anzusehen.

"Ich hab die Heizung runtergedreht. Energie sparen. Gaspreise und so."

Hildegard blieb wie angewurzelt stehen, ihre Augen blitzten.

"Du hast WAS? Runtergedreht? Hast du komplett den Verstand verloren, oder ist das 'ne neue Masche, mich umzubringen?"

"Beruhig dich, Hildegard. Die Regierung sagt, wir sollen sparen. Ich mach nur meinen Teil."

"Deinen Teil? Meier, das ist hier kein Umweltschutzcamp! Ich will Wärme!"

Meier lehnte sich zurück, die Hände in die Hüften gestemmt.

"Wärme kostet Geld, Hildegard. Du hast doch gehört, was die Nachrichten sagen: Heizen ist ein Luxus geworden."

Hildegard riss sich den Schal vom Gesicht, ihre Wangen glühten vor Wut – mehr als vor Wärme.

"Ein Luxus? Meier, ich werd dir gleich zeigen, wie sich Luxus anfühlt, wenn ich dir den Kopf abreiße! Stell die verdammte Heizung an!"

"Das kommt nicht infrage! Ich hab das alles genau berechnet. Wenn wir bei 17 Grad bleiben, sparen wir mindestens 23 Prozent!"

"17 Grad? Meier, das ist keine Temperatur, das ist 'ne Provokation. Willst du, dass ich nachts in der Küche erfriere, während du hier heldenhaft Zahlen zusammenrechnest?"

07:00 Uhr – Der erste Versuch: Wärmepumpe reaktivieren

Um den Streit zu beenden – und vor allem, um Hildegard zum Schweigen zu bringen – hatte Meier eine Idee.

"Wir brauchen keine Heizung, Hildegard. Ich hol die Wärmepumpe und bringe sie wieder zum Laufen."

Hildegard verschränkte die Arme und sah ihn an, als hätte er gerade vorgeschlagen, die Sonne anzuzünden.

"Die Wärmepumpe? Meier, das Ding ist kaputt, seit du beim letzten Mal versucht hast, sie mit dem Staubsauger zu entlüften."

"Unsinn! Ich hab sie damals fast repariert. Sie braucht nur einen kleinen Schubs."

Er zog sich eine alte Jacke an, schnappte sich seine Werkzeugkiste und marschierte in den Keller.
Dort sah er die Wärmepumpe an, als wäre sie ein störrischer Esel.

"Na, altes Mädchen. Zeit, dass du wieder in die Gänge kommst."

Hildegard stand oben an der Kellertreppe und rief hinunter.

"Na, wie läuft's, Meier? Oder hat deine Wärmepumpe 'ne kalte Schulter?"

"Geduld, Hildegard. Das ist Präzisionsarbeit."

Plötzlich ertönte ein lautes Rattern, gefolgt von einem unheilvollen Zischen. Ein dichter, weißer Dampf begann die Treppe hinaufzukriechen, und Meier stolperte hustend aus dem Keller.

"Alles unter Kontrolle! Das ist nur... ähm... die Entlüftung!"

Hildegard stand mit verschränkten Armen vor ihm.

"Entlüftung? Das klingt eher, als hätte dein Schrottgerät gerade 'nen Nervenzusammenbruch. Was jetzt, Herr Ingenieur? Soll ich die Kerzen rausholen?"

07:30 Uhr – Die Elektroheizung kehrt zurück

Meier ließ sich nicht so leicht entmutigen.
Er zog eine alte Elektroheizung aus der Abstellkammer, deren Kabel bereits so oft geflickt worden waren, dass sie aussahen wie ein medizinisches Experiment.

"Hier! Das Ding hat uns früher auch durch den Winter gebracht. Problem gelöst."

Hildegard zog eine Augenbraue hoch.

"Das Ding? Meier, das ist so alt, dass es wahrscheinlich noch mit Reichsmark bezahlt wurde. Steck das ein, und wir fliegen hier in die Luft."

"Blödsinn! Die Technik war damals robust."

Meier steckte den Stecker ein, und die Heizung begann zu summen – zumindest für drei Sekunden. Dann gab es ein lautes Knacken, gefolgt von einem Funkenregen. Das gesamte Haus war plötzlich in Dunkelheit gehüllt.

"Klasse, Meier. Jetzt haben wir nicht nur 'ne Eisbox als Wohnung, sondern auch keinen Strom mehr."

Meier tastete sich zur Sicherung, während Hildegard mit verschränkten Armen im Dunkeln stand.

"Keine Sorge, das hab ich gleich wieder im Griff."

"Im Griff? Meier, das Einzige, was du im Griff hast, ist dein Abstieg in die Katastrophe."

08:00 Uhr – Der Holzofen-Plan

Frustriert und mit roten Ohren – nicht vom Heizen, sondern vor Wut – schlug Meier mit der flachen Hand auf den Küchentisch. Die Tasse, die er gerade noch festhielt, wackelte bedrohlich und hinterließ einen kleinen Kaffeering auf der Holzplatte.

"Das war's, Hildegard! Wir brauchen 'nen Holzofen. Effizient, günstig, klimafreundlich. Das ist die Lösung."

Hildegard, eingewickelt in eine Decke, sah ihn über den Rand ihres Teeglases hinweg an, ihre Augenbrauen hochgezogen. Sie nahm einen kleinen Schluck, setzte das Glas bedächtig ab und schnaufte.

"'Nen Holzofen? Hast du den letzten Verstand jetzt auch noch weggefroren? Wo willst du das Ding hinstellen? In die Mitte vom Wohnzimmer? Und wohin mit dem Rauch? Durch den Toaster? Wir haben keinen Schornstein, du Genie!"

Meier richtete sich stolz auf und verschränkte die Arme.

"Dann bau ich einen! Kann doch nicht so schwer sein. Zwei Ziegelreihen, ein bisschen Mörtel – und zack, wir sind im Geschäft."

Hildegard prustete vor Lachen und zog die Decke fester um ihre Schultern.

"Meier, du bist wie 'n schief gelandeter UFO-Pilot. Du hast keinen Plan, keine Ahnung, aber dafür große Visionen."

"Lach du nur, Hildegard. Während du hier mit deinem Tee frierst wie ein arktischer Pinguin, denke ich praktisch."

"Praktisch? Meier, deine Ideen sind praktisch nur dafür gut, dass ich beim Nachbarn um Asyl bitten muss."

Plötzlich war Meier in Bewegung. Er schnappte sich seine alte Jacke, die aussah, als hätte sie die letzten Winter an einer Laterne verbracht, zog sich die Gummistiefel an und stapfte entschlossen in die Ecke, wo eine verstaubte Axt lehnte.

Hildegard beobachtete ihn mit einer Mischung aus Faszination und Grauen.

"Was machst du da, Meier? Du siehst aus wie Jack Nicholson in 'Shining'."

"Ich geh Holz holen. Und wenn ich dafür 'nen Baum im Park fällen muss!"

Er packte die Axt, schulterte sie und öffnete die Tür. Kalte Luft strömte herein, und Hildegard verzog das Gesicht.

"Holz im Park? Ach, fantastisch. Robin Hood, der Held der Heizungsbedürftigen! Soll ich dir 'ne grüne Kappe häkeln, damit du stilecht aussiehst?"

Meier drehte sich zu ihr um, seine Augen funkelten vor Trotz.

"Lach du nur, Hildegard. Aber wenn ich zurückkomme, haben wir genug Brennstoff für den ganzen Winter."

"Und wenn die Polizei dich erwischt, haben wir 'ne Anzeige, und du schläfst im Knast – da ist's wenigstens warm."

"Polizei? Pah! Die haben besseres zu tun, als mich zu jagen."

"Meier, du bist wie ein rostiger Einkaufswagen: laut, langsam und immer kurz davor, zu kippen. Glaubst du wirklich, du kannst im Park 'nen Baum fällen, ohne dass jemand Alarm schlägt?"

Zwei Stunden später kam Meier zurück – ohne Baum, ohne Holz, aber mit nassen Hosen, einem schief sitzenden Hut und einem Ausdruck völliger Niederlage im Gesicht.
Hildegard saß immer noch in der Küche, eingewickelt wie eine Mumie, und nippte entspannt an ihrem dritten Tee.

"Na, Robin Hood? Bist du schon König der Wälder, oder hast du dir unterwegs die Axt an 'nem Ast stumpf gehauen?"

Meier ließ die Axt klappernd auf den Boden fallen und zog die Schuhe aus, aus denen Wasser auf die Fliesen tropfte.

"Der Park ist voller Jogger und Hundebesitzer. Ich hab keinen einzigen Baum gefunden, der nicht unter Beobachtung stand. Es war wie 'ne verdammte Überwachungszone."

Hildegard lachte, ein bitteres, triumphierendes Lachen.

"Ach, wie schade. Der Freiheitskämpfer scheitert an den Rentnern mit Nordic-Walking-Stöcken."

"Hör auf, Hildegard. Ich bin kurz davor, die Gartenmöbel zu zerhacken und das Problem so zu lösen."

"Super Idee, Meier. Aber bevor du das machst, rechne aus, wie viele Stühle du brauchst, um eine Nacht durchzuheizen. Spoiler: Der Esstisch reicht nicht mal bis zum Frühstück."

Meier ließ sich auf den Stuhl fallen, ein Tropfen kaltes Wasser lief ihm von der Nase, und er starrte auf die Axt, die nutzlos auf dem Boden lag.

"Okay, Hildegard. Du hast gewonnen. Ich mach die Heizung an. Aber wenn die Rechnung kommt, verkaufst du deinen Schmuck."

Hildegard setzte ihr breitestes Grinsen auf und lehnte sich entspannt zurück.

"Kein Problem, Meier. Vielleicht schenk ich dir von dem Erlös 'ne Schneeschaufel – die wirst du brauchen, wenn wir bald draußen schlafen, weil die Energiekrise uns das Haus wegnimmt."

Meier rieb sich die Stirn, während Hildegard ihm mit einem weiteren Spruch den finalen Schlag versetzte:

"Weißt du, Meier, du bist wie 'ne billige Wunderkerze: kurz am Funkeln, aber danach stinkt's nur noch."

WhatsApp-Gruppen-Massaker
Meier gerät in die Tiefen digitaler Abgründe

Freitag, 19:30 Uhr – Der Einstieg ins Verderben

Es begann wie jede Katastrophe: mit einem harmlosen Ping.

Meier saß im Wohnzimmer, die Füße auf dem Couchtisch, ein Bier in der Hand, und blätterte gelangweilt durch seine WhatsApp-Chats. Hildegard saß daneben und las ihre Zeitschrift.

Plötzlich ertönte ein lautes Ding!, gefolgt von einem zweiten und dritten Ding!

"Was ist das für ein Terror?" fragte Hildegard genervt, ohne aufzusehen.

Meier griff zum Handy, öffnete WhatsApp und sah eine neue Nachricht: "Sie wurden zur Gruppe 'Kirchfeldstraße – Unsere Nachbarschaft' hinzugefügt."

"Na toll. Jetzt bin ich in 'ner Nachbarschaftsgruppe. Wer zum Teufel hat mich da reingepackt?"

Hildegard kicherte.

"Das wird spannend. Wahrscheinlich hat der Schmitz 'nen digitalen Kaffeeklatsch organisiert. Viel Spaß bei Kuchenrezepten und Hundekot-Diskussionen."

Meier schnaufte.

"Ich sag dir, ich bleib da nicht lange drin. Das ist wie 'n digitales Irrenhaus."

Freitag, 19:45 Uhr – Die ersten Nachrichten

Meier scrollte durch die Nachrichten, die bereits ausufernd waren. Es begann harmlos:

- Frau Krüger: "Hallo zusammen! Schön, dass wir jetzt alle in der Gruppe sind 😊."

- Herr Schmitz: "Wird auch Zeit, dass wir uns besser abstimmen! Es gibt so viele Themen, die wir klären müssen."

Doch dann kam der erste Hinweis darauf, was diese Gruppe wirklich war: ein Schlachtfeld.

- Herr Müller: "Ich möchte mal anmerken, dass letzte Nacht jemand seinen Müll in meinen Mülleimer geworfen hat. Absolut unverschämt!"

- Frau Krüger: "Das war bestimmt wieder jemand vom Haus Nummer 12. Die haben keine Ordnung."

Meier schüttelte den Kopf.

"Das geht ja gut los. Müllgate! Ich geb denen fünf Minuten, bis jemand Morddrohungen schreibt."

Hildegard spähte neugierig auf sein Handy.

"Komm schon, Meier. Schreib was rein. Bring ein bisschen Schwung in den Kindergarten."

"Ich? Nein, danke. Ich beobachte lieber."

Freitag, 20:00 Uhr – Der erste Schlagabtausch

Es dauerte nicht lange, bis die Diskussion eskalierte.

- Herr Schmitz: "Ich finde, wir sollten Regeln für die Mülltrennung festlegen. Manche Leute sind einfach zu faul, ihren Biomüll richtig zu entsorgen."

- Frau Krüger: "Schmitz, du bist immer so perfekt. Aber dein Hund scheißt regelmäßig vor mein Gartentor!"

Meier lachte laut auf.
"Das läuft ja wie im Fernsehen. Da fehlt nur noch, dass einer jemanden als Lügner bezeichnet."

Genau in dem Moment kam die nächste Nachricht:

- Herr Müller: "Lügner! Mein Hund geht nie in den Garten von Frau Krüger!"

Hildegard prustete.

"Jetzt hast du's, Meier. Dein Unterhaltungsprogramm ist gesichert."

Doch dann passierte es. Meier konnte nicht anders. Er tippte.

"Herr Schmitz, Frau Krüger, können wir vielleicht erstmal klären, wer letzte Woche den Müll vor meiner Einfahrt entsorgt hat? Der stank schlimmer als die ganze Kanalisation."

Kaum war die Nachricht abgeschickt, explodierte die Gruppe.

Freitag, 20:15 Uhr – Die Gruppe eskaliert

Die Reaktionen ließen nicht lange auf sich warten:

- Frau Krüger: "Wahrscheinlich wieder diese Leute aus Haus Nummer 10. Die werfen doch alles überall hin."

- Herr Müller: "Haus Nummer 10? Das ist ja wohl die Frechheit. Wer hat denn gestern seinen Rasen bis 22 Uhr gemäht? Nicht wir!"

"Oh-oh. Jetzt geht's los," murmelte Meier und nahm einen weiteren Schluck Bier.

Die Nachrichten kamen im Sekundentakt:

- Frau Krüger: "22 Uhr? Das war ich nicht. Ich hab gehört, es war Herr Meier."

- Herr Schmitz: "@Meier: Ist das wahr?!"

Meier schluckte.

"Hildegard, jetzt wird's brenzlig. Die halten mich für den Rasenmäher-Mobber."

"Na, dann klär das doch, Meier. Oder noch besser: Leg nach!"

"Leg nach? Die zerfleischen mich doch!"

Doch Hildegard grinste nur.

"Das ist 'ne WhatsApp-Gruppe, Meier. Die zerfleischen sich alle gegenseitig. Du bist nur ein Tropfen Benzin auf dem Feuer."

Meier seufzte, doch er konnte nicht widerstehen. Seine Finger flogen über die Tastatur:

"Wenn wir schon bei Regeln sind, können wir dann auch festlegen, dass Herr Schmitz seine leeren Bierkästen nicht in die Einfahrt stellt? Die sind immer im Weg."

Kaum hatte er auf "Senden" gedrückt, explodierte die Gruppe erneut.

Freitag, 20:30 Uhr – Der Shitstorm erreicht Meier

Herr Schmitz war der Erste, der zurückschoss. Es war, als hätte er nur darauf gewartet, dass jemand die Büchse der Pandora öffnet.

"Das ist ja wohl die Höhe, Meier! Die Bierkästen stehen nur da, weil Sie immer Ihren Müllcontainer nicht ordentlich schließen! Da kommen Ratten angelaufen wie zum All-you-can-eat-Buffet!"

Meier kniff die Augen zusammen, seine Finger flogen über die Tastatur.

"Ratten? Vielleicht kommen die ja wegen der halben Döner, die Sie regelmäßig in Ihrer Einfahrt vergammeln lassen, Herr Schmitz."

Kaum hatte er gesendet, mischte sich Frau Krüger ein, die immer eine Meinung hatte – auch wenn sie keiner hören wollte.

"Das erklärt, warum die Kanalisation letzte Woche so gestunken hat. Meier, ich hab's doch gesagt, Sie sollten mal einen Deckel auf Ihre Mülltonne machen!"

Meier knurrte leise, während Hildegard auf dem Sofa vor Lachen fast erstickte.

"Jetzt wird's gut, Meier! Schreib, dass Frau Krügers Rosen mehr Dünger brauchen als eine ganze Plantage. Das bringt Schwung rein!"

Doch Meier brauchte keinen Anstoß. Der Mann war ein Pulverfass.

"Wenn wir schon über Stinken sprechen: Vielleicht sollten wir über Herrn Müllers Grill reden, der jedes Wochenende so viel Rauch produziert, dass ich das Gefühl hab, neben 'ner Fabrik zu wohnen."

Die Antwort kam postwendend. Herr Müller ließ sich nicht so leicht unterkriegen.

"Mein Grill stört? Vielleicht stört es mich ja, dass Ihre Frau ständig lautstark telefoniert, während ich versuche, zu entspannen. Man könnte denken, sie moderiert 'ne Radiosendung für die ganze Straße!"

Meier hielt inne und drehte sich zu Hildegard um, die sich gerade an ihrem Tee verschluckt hatte.

"Jetzt haben sie dich, Hildegard. Die greifen dich an!"

Hildegard schnappte nach Luft, ihre Augen funkelten.

"Mich? Na, dann lass mich ran. Ich zeig diesen Chat-Kriegern, was ein echter Shitstorm ist. Gib mir das Handy!"

Meier hielt das Handy fest und wich zurück.

"Auf keinen Fall! Du bist schlimmer als ein Tornado. Wir brauchen nicht noch mehr Chaos!"

"Chaos? Meier, du bist wie ein Offizier ohne Truppen. Keiner hat Respekt vor dir! Schreib, dass Müller beim Grillen vermutlich heimlich Katzenfleisch verbrennt."

Meier schüttelte den Kopf, doch seine Finger zuckten vor Wut. Er tippte:

"@Müller: Lautstärke? Dann sollten wir mal über Ihr Radio sprechen, das jeden Samstag Schlagermusik spielt, bis ich 'Atemlos durch die Nacht' im Schlaf mitsinge."

Hildegard klatschte vor Begeisterung in die Hände.

"Bravo, Meier! Endlich zeigst du Zähne! Aber was ist mit Schmitz? Der ist noch nicht genug durch den Kakao gezogen worden. Schreib was über seine Gartenzwerge!"

Freitag, 20:40 Uhr – Die Gartenzwerge als Zankapfel

Herr Schmitz, der gerade wieder eine Nachricht tippte, wurde direkt attackiert.

"@Schmitz: Und wenn wir schon dabei sind: Können Sie bitte Ihre 17 Gartenzwerge aus dem Vorgarten entfernen? Es sieht aus wie ein Horrorfilm, wenn ich abends nach Hause komme."

Herr Schmitz explodierte förmlich.

"Die Zwerge sind Kunst, Meier! Die haben mehr Stil als Ihre hässlichen Plastikblumen auf der Terrasse. Vielleicht sollten Sie sich mal 'ne echte Rose leisten."

"Kunst? Zwerge, die Rasenmäher fahren und Bierflaschen halten, sind keine Kunst, Schmitz. Die sind 'ne Plage!"

Hildegard hatte Tränen in den Augen vor Lachen.

"Plage! Perfekt, Meier! Das wird 'n Klassiker. Aber pass auf, dass Krüger nicht wieder Öl ins Feuer gießt. Die ist wie 'n Zündholz."

Freitag, 20:50 Uhr – Der Feuersturm bricht aus

Frau Krüger meldete sich tatsächlich zu Wort, und ihre Nachricht war ein direkter Treffer:

"Herr Meier, vielleicht sollten Sie erstmal die Hundehaufen vor Ihrer Einfahrt entsorgen, bevor Sie hier den Moralapostel spielen. Schmitz hat recht: Ihr Vorgarten sieht aus wie 'ne Müllhalde!"

"Hundehaufen?!" Meier sprang von seinem Platz auf, und Hildegard rutschte fast vom Sofa vor Lachen.

"Meier, du musst zurückschlagen. Schreib, dass Krüger die Einzige ist, die ihre Wäsche draußen trocknet, wenn's regnet. Die blamiert die ganze Straße!"

Meier tippte wie ein Besessener.

"@Krüger: Meine Einfahrt? Vielleicht sollten wir über Ihre Wäscheleinen sprechen, die den ganzen Garten versperren. Es ist, als würde ich in 'nem verdammten Zirkuszelt wohnen!"

"Bravo, Meier! Jetzt hast du sie," lachte Hildegard - doch der Kampf war noch nicht vorbei.

Freitag, 21:00 Uhr – Der epische Abgang

Die Gruppe war inzwischen komplett außer Kontrolle. Jeder griff jeden an, und die Nachrichten flogen im Sekundentakt:

- Herr Müller: "Dann sollen Krüger und Schmitz ihre Kläffer mal an die Leine nehmen. Die bellen jede Nacht!"

- Frau Krüger: "@Müller: Dann hör auf, in deinem Garten so laut zu schnarchen!"

- Herr Schmitz: "@Meier: Deine Mülltonne ist neulich umgekippt. Danke für die Rattenplage!"

Meier sah, wie sein Handy fast zu rauchen begann. Er schüttelte den Kopf, seufzte und tippte eine letzte Nachricht.

"Ich bin raus. Ihr habt mich alle nicht verdient. Ruft mich an, wenn's um was Wichtiges geht. Aber bitte nicht nach 22 Uhr – ich brauche meinen Schlaf."

Er verließ die Gruppe mit einem entschlossenen Wisch, während Hildegard auf dem Sofa vor Lachen kreischte.

"Meier, das war legendär! Du bist nicht der Held, den sie wollten – aber der Anstifter, den sie verdient haben."

Meier hob sein Bier und grinste.

"Ich hab sie nicht angestiftet, Hildegard. Ich hab sie alle nur auf die Bühne geholt. Und jetzt lass ich den Vorhang fallen."

Strandkorb des Grauens

Meiers starten endlich in den lang ersehnten Urlaub

Freitag, 19:00 Uhr – Urlaubsbeginn und erste Dämpfer

Hildegard saß auf ihrem Koffer, der sich weigerte, zu schließen. Mit einem entschlossenen Ruck drückte sie den Deckel herunter, während Meier, neben einer randvollen Dachbox, ein Bier aufmachte.

"Meier, hilf mir! Der Reißverschluss klemmt."

Meier nahm einen langen Schluck und winkte ab.

"Der klemmt nicht. Du hast wieder das halbe Haus eingepackt. Wofür brauchst du drei Paar Stiefel? Wir fahren an die Nordsee, nicht ins Hochgebirge!"

"Du verstehst das nicht. Man muss vorbereitet sein. Und warum brauchst du drei Werkzeugkisten?"

"Weil ich im Urlaub endlich mal das machen will, was ich zuhause nicht darf. Bauen, reparieren, werkeln. Das ist Erholung!"

"Erholung? Wenn du das Werkzeug nur ansiehst, brech ich dir den Schraubenzieher ab!"

Trotz der hitzigen Diskussion schafften sie es schließlich, das Auto zu beladen. Nach fünf Stunden Fahrt durch Staus und Baustellen erreichten die Meiers am späten Abend ihr Ferienhaus an der Nordsee.

Samstag, 06:30 Uhr – Meiers Mission: Strandkorb-Sicherung

Der erste Morgen im Urlaub. Die Sonne schob sich gerade über den Horizont, als Meier sich leise aus dem Bett schlich. Hildegard schlief noch tief und fest, eingekuschelt in die Decke.

"Zeit für den Strand," murmelte Meier und schnappte sich den Schlüssel für den reservierten Strandkorb.

Kaum war er zur Tür hinaus, öffnete Hildegard ein Auge. Sie schüttelte den Kopf und stand auf.

"Was hat der Idiot jetzt schon wieder vor?"

Sie zog sich widerwillig an, um ihn zu verfolgen. Am Strand angekommen, sah sie Meier bereits in Aktion: Er marschierte mit einem Handtuch über die Schulter und einem triumphierenden Gesichtsausdruck durch den Sand, als würde er gerade den Mond erobern.

"Meier, warum bist du um diese Uhrzeit hier? Der Strand ist leer. Niemand will deinen blöden Korb klauen!"

"Das sagst du jetzt, Hildegard. Aber wart mal ab, wenn die Masse anrollt. Dann wirst du froh sein, dass ich uns den besten Platz gesichert hab."

"Der beste Platz? Meier, du bist wie 'n Hund mit 'nem Knochen. Du brauchst nicht alles für dich allein!"

Samstag, 07:00 Uhr – Der Konflikt beginnt

Meier hatte gerade sein Handtuch auf der Liege vor dem Strandkorb ausgebreitet, als ein älteres Paar erschien. Die Frau trug eine Tasche voller Strandspielzeug, während der Mann aussah, als würde er gleich explodieren.

"Entschuldigung, das ist unser Korb!" sagte die Frau mit einer Stimme, die schärfer war als die Seeluft.

Meier drehte sich um, den Schlüssel in der Hand.

"Das glaube ich kaum. Das hier ist Nummer 17, und ich hab ihn reserviert."

"Das ist UNSER Platz," mischte sich der Mann ein.
"Wir mieten den jedes Jahr. Das ist Tradition."

Hildegard setzte sich genervt auf den Sand.

"Jetzt geht's los. Meier, lass es gut sein. Gib denen den blöden Korb und hol einen anderen."

"Auf keinen Fall! Ich hab den Schlüssel, die Quittung und das Recht auf meiner Seite."

Der Mann trat einen Schritt näher, seine Stimme wurde lauter.

"Hören Sie, wir können das friedlich klären. Wenn Sie den Korb nicht freiwillig räumen, holen wir den Strandwart."

Meier setzte ein süffisantes Lächeln auf.

"Hol ihn doch. Vielleicht kann er dir auch gleich erklären, wie man pünktlich reserviert."

Samstag, 07:30 Uhr – Der Strandwart greift ein

Es dauerte nicht lange, bis der Strandwart eintraf. Er war ein hagerer Mann mit einer Sonnenbrille, die ihm einen Hauch von Autorität verleihen sollte, und einem Notizblock, den er mit übertriebener Wichtigkeit durchblätterte.

"Was haben wir denn hier?" fragte er und sah abwechselnd Meier und das Paar an.

Die Frau zeigte empört auf Meier.

"Er hat unseren Platz geklaut! Wir mieten den seit Jahren. Das ist unser Stammkorb!"

Meier hielt ruhig den Schlüssel hoch.

"Ich habe den Korb gemietet. Steht alles auf der Quittung. Nummer 17."

Der Strandwart prüfte die Unterlagen und nickte schließlich.

"Stimmt. Herr Meier hat den Korb korrekt reserviert."

Die Frau schnappte nach Luft, während der Mann rot anlief.

"Das ist doch eine Frechheit! Wir kommen hier jedes Jahr!"

"Tja, diesmal nicht," sagte Meier und setzte sich triumphierend in den Korb.

Doch der Strandwart räusperte sich.

"Aber, Herr Meier, Sie haben gegen die Strandordnung verstoßen. Ihre Liege ist außerhalb der Markierung. Dafür fällt eine Zusatzgebühr von 12 Euro an. Außerdem müssen Sie die Kurtaxe für den gesamten Tag entrichten."

"12 Euro? Für zehn Zentimeter?!" Meier sprang auf, seine Stimme überschlug sich fast.

"Das ist doch Abzocke!"

Hildegard brach in schallendes Gelächter aus.

"Na, Meier? Deutsche Präzision? Willkommen in der Realität!"

Samstag, 08:30 Uhr – Der Tag der Abrechnung

Meier knallte die zwölf Euro für die „Strandkorbfreiheitsgebühr" auf den Tisch des Strandwarts, als würde er gerade die Kapitulationsurkunde für einen verlorenen Krieg unterzeichnen. Seine Wangen glühten, und nicht nur vor Wut – die Sonne hatte begonnen, ihm einen prallen roten Schimmer zu verleihen, der an eine überreife Tomate erinnerte.

Hildegard schlenderte genüsslich zurück zum Strandkorb, eine Wasserflasche in der einen und ein schadenfrohes Grinsen im Gesicht.

"Na, Meier? Hat sich gelohnt, oder? Der teuerste Korb am ganzen Strand. Ich hoffe, du sitzt da gleich wie 'n König – aber ohne Krone."

Meier zog die Schuhe aus und ließ sich schwer in den Korb fallen, als hätte er gerade zehn Kisten Ziegel geschleppt.

"Urlaub sollte nicht so anstrengend sein. Das hier ist kein Urlaub, Hildegard, das ist Erpressung."

Hildegard setzte sich neben ihn, schlug ihre Zeitschrift auf und lehnte sich zurück, ihre Sonnenbrille spiegelte die Wellen.

"Erpressung? Meier, das ist Deutschland. Regeln, Gebühren, Steuern – du weißt doch, worauf du dich eingelassen hast."

Meier verschränkte die Arme, sein Blick wanderte über den Strand, wo andere Familien fröhlich ihre Handtücher ausbreiteten.

"Fröhliche Idioten. Keiner von denen merkt, dass sie hier gemolken werden wie Kühe. Zwölf Euro! Für was? Für zehn Zentimeter Sand, die keiner braucht."

Hildegard prustete vor Lachen.

"Zwölf Euro, Meier? Ich würd sagen, du hast 'n Schnäppchen gemacht. Wenn sie das mit allen so machen, können die hier bald 'ne zweite Nordsee finanzieren."

Meier funkelte sie an.

"Das ist typisch. Statt mir den Rücken zu stärken, machst du dich lustig. Weißt du, Hildegard, manchmal bist du wie 'ne kaputte Heizung – ständig am Zischen, aber warm wird's nie."

Hildegard setzte sich kerzengerade hin und sah ihn über die Brille hinweg an.

"Und du, Meier, bist wie ein rostiger Einkaufswagen. Viel Gepolter, aber du kommst keinen Meter vorwärts."

Meier fuchtelte mit den Händen in Richtung des Strandwarts, der immer noch an der Promenade stand und seinen Notizblock mit fast sadistischer Präzision führte.

"Dieser Typ da! Der hat seinen Beruf verfehlt. Der gehört ins Mittelalter, mit 'nem Knüppel und 'ner Zollstation."

"Ach, komm schon, Meier. Hör auf, 'n Aufstand zu planen. Du bist wie 'n Papagei: laut, bunt und niemand nimmt dich ernst."

"Hör du auf, Hildegard! Es geht hier ums Prinzip. Wo bleibt denn der Spaß? Der Urlaub? Das Gefühl von Freiheit?"

"Freiheit? Meier, du sitzt in 'nem Strandkorb, der mehr kostet als 'ne Kinokarte, mit 'nem Gesicht, als hättest du 'n Furz gehört, und jammerst über Freiheit?"

Während die beiden stritten, ließ Meier seinen Blick über die Nachbarkörbe wandern. Ein paar Meter weiter saß Herr Schmitz – der Erzfeind aus der Kirchfeldstraße – mit einem Bier in der Hand und lachte mit seiner Frau.

"Schau mal, Hildegard. Der Schmitz hat 'n Strandkorb. Der hat bestimmt keinen Cent extra gezahlt."

Hildegard folgte seinem Blick und grinste.

"Vielleicht hat er den Schlüssel geklaut. Du weißt doch, Schmitz hat immer 'ne Methode, Leute auszutricksen."

"Oder er hat Beziehungen. Das ist das Problem in diesem Land. Vitamin B regiert alles. Wer am meisten schleimt, kriegt den besten Platz."

"Ach ja? Und was ist deine Methode, Meier? Laut sein und dann verlieren?"

Meier öffnete den Mund, doch bevor er etwas sagen konnte, kam Schmitz vorbei, ein breites Grinsen auf dem Gesicht.

"Na, Meier? Genießt ihr den Urlaub? Schön, euch mal außerhalb der Kirchfeldstraße zu sehen. Aber ich dachte, du bist kein Strandtyp."

Meier biss die Zähne zusammen, während Hildegard in schallendes Gelächter ausbrach.

"Oh, wir genießen es, Schmitz. Vor allem die Gastfreundschaft hier. Die Gebühren sind ein echtes Highlight. Du solltest dir 'nen Taschenrechner mitbringen."

Schmitz hob sein Bier, nickte und zog weiter.
"Tja, Meier. Nicht jeder kann Urlaub machen wie ein Profi. Bis später!"

Hildegard lehnte sich zurück, ihr Gesicht strahlte pure Zufriedenheit aus.

"Weißt du, Meier, vielleicht solltest du einfach aufgeben. Du bist wie dein Strandkorb: teuer, unbequem und immer im falschen Winkel zur Sonne."

Meier schnaufte, nahm einen Schluck aus seiner Wasserflasche und murmelte:

"Das war der letzte Urlaub in diesem Land. Nächstes Jahr fahr ich nach Italien. Da zahlt man wenigstens für Wein, nicht für Sand."

Hildegard grinste hinter ihrer Sonnenbrille.

"Italien? Meier, da wirst du dich wieder darüber aufregen, dass die anderen ihre Handtücher auf den Liegen haben, während du dir 'nen Sonnenbrand auf'm deutschen Stolz holst. Aber hey, ich bin dabei – ich will sehen, wie du 'ne Diskussion auf Italienisch startest."

Arzttermin des Todes

Meier trifft nach einem Urlaub voller Desaster seinen letzten Endgeg-
ner: die deutsche Gesundheitsbürokratie

Montag, 10:00 Uhr – Die Rückkehr der Geschlagenen

Das Auto stand schief in der Einfahrt der Kirchfeldstraße 23, als Meier
die Dachbox öffnete und ein Schwall Sand auf den frisch gefegten
Gehweg rieselte. Sein Rücken knackte, als er sich vorbeugte, um den
ersten Koffer herauszuziehen.

"Hildegard, das war der letzte Urlaub an der Nordsee. Ich geh nie
wieder irgendwohin, wo ich für Sand extra bezahlen muss."

Hildegard, die mit verschränkten Armen in der Tür stand, grinste höh-
nisch.

"Ach, Meier. Du hast den Urlaub überlebt. Aber der Strand hat dich
gekriegt. Was ist mit deinem Rücken? Knackt der immer noch wie 'ne
alte Treppe?"

Meier richtete sich auf und verzog das Gesicht.

"Das ist kein Knacken, Hildegard. Das ist ein Zeichen. Mein Körper
sagt mir, dass ich mich erholen muss."

"Erholen? Du? Meier, du hast dich zwei Wochen lang beschwert, wie
teuer alles ist, und 'nen Sonnenbrand mit der Form von Deutschland
kassiert. Wenn hier einer Erholung braucht, dann ich!"

"Ich hab mich nicht beschwert, ich hab Fakten benannt! Zwölf Euro
für 'nen Zentimeter Sand, fünf Euro für 'nen Kaffee, und diese Kurtaxe
ist das Letzte. Das ist kein Urlaub, das ist modernes Raubrittertum!"

Hildegard schnappte sich den Koffer, den Meier gerade aus dem Auto
gezogen hatte.

"Raubrittertum? Das war nur die Generalprobe, Meier. Der echte Raubritter wartet morgen beim Arzt auf dich. Dein Rücken klingt, als würde er demnächst Insolvenz anmelden."

Dienstag, 08:30 Uhr – Der erste Gegner: Die Arztpraxis-Hotline

Am nächsten Morgen saß Meier am Küchentisch, das Telefon in der Hand, und starrte finster auf das Display. Hildegard stellte eine dampfende Tasse Kaffee vor ihm ab und setzte sich.

"Hast du schon angerufen?"

"Ja, aber ich häng in der Warteschleife. Ich hab schon dreimal 'Ihre Gesundheit liegt uns am Herzen' gehört. Das ist doch Verarsche!"

Hildegard nippte an ihrem Kaffee und zog die Augenbrauen hoch.

"Vielleicht liegt denen deine Gesundheit wirklich am Herzen, Meier. Sie wollen nur sicherstellen, dass du genug Zeit hast, über dein Leben nachzudenken, bevor du dran bist."

"Nachdenken? Ich denk darüber nach, warum ich nicht einfach 'n Chiropraktiker bei eBay bestellt hab."

Plötzlich ertönte die freundliche Stimme einer Arzthelferin.

"Praxis Dr. Müller, guten Morgen. Was kann ich für Sie tun?"

"Meier hier. Ich brauch 'nen Termin. Mein Rücken klingt wie 'ne alte Tür, meine Knie haben sich verabschiedet, und ich glaub, mein Urlaub hat mich umgebracht."

Die Stimme blieb ungerührt.

"Oh, das tut mir leid. Wir haben leider erst nächste Woche Termine frei."

"Nächste Woche? Da lieg ich vielleicht schon flach! Können Sie mich nicht irgendwie dazwischenschieben?"

"Sie können morgen ins Wartezimmer kommen. Vielleicht klappt es dann spontan."

Meier knallte den Hörer auf den Tisch und schüttelte den Kopf.

"Wartezimmer. Ich bin ja nicht bescheuert. Das ist wie 'ne Tombola für Kranke."

Hildegard grinste und nahm noch einen Schluck Kaffee.

"Das passt doch, Meier. Du liebst doch Herausforderungen. Das hier ist wie 'n Gladiatorenkampf – nur ohne Sand."

Mittwoch, 07:30 Uhr – Das Wartezimmer

Das Wartezimmer war der perfekte Albtraum. Klein, stickig, überfüllt – und die Luft roch nach einer Mischung aus Desinfektionsmittel und Angstschweiß. Menschen jeden Alters saßen auf den unbequemen Plastikstühlen, manche husteten, andere starrten apathisch vor sich hin. Eine Mutter kämpfte verzweifelt mit einem Kleinkind, das sich mit der Energie eines hyperaktiven Waschbären an ihrem Bein festklammerte.

Meier saß mit grimmigem Blick in der Ecke, die Nummer 42 in der Hand, während über den Lautsprecher monoton verkündet wurde: "Jetzt an der Reihe: Nummer 17."

Er drehte sich zu Hildegard um, die neben ihm saß und genüsslich in einer abgewetzten Zeitschrift blätterte. Ihr Grinsen war breiter als der Flur zur Anmeldung.

"Warum bist du überhaupt mitgekommen?" knurrte Meier und verschränkte die Arme.

Hildegard klappte die Zeitschrift zu und sah ihn an, als hätte er gerade die dümmste Frage der Welt gestellt.

"Weil ich mir den Anblick deines verzweifelten Gesichtsausdrucks nicht entgehen lassen wollte. Außerdem: Wenn du hier zusammenklappst, wer soll dich dann nach Hause fahren? Der Typ mit dem Husten da drüben?"

Meier warf einen Blick auf den älteren Mann, der direkt neben ihm saß und röchelnd Luft holte, als wolle er den gesamten Sauerstoffvorrat des Raumes inhalieren.

"Super. Jetzt krieg ich nicht nur Rückenprobleme, sondern auch noch 'ne Lungenentzündung. Herrlich."

Der Mann drehte sich langsam zu Meier um, mit glasigen Augen und einem Husten, der sich anhörte, als würde ein rostiger Motor anspringen. Meier wich angewidert zurück.

"Na toll! Fehlt nur noch, dass er mir gleich ins Gesicht niest."

Hildegard lachte leise und schlug die Beine übereinander.

"Reg dich ab, Meier. Die hier sind genauso genervt wie du. Schau mal, die Frau mit dem quengelnden Kind da drüben – wetten, das Kind hat schon mehr Arztbesuche hinter sich als du in deinem ganzen Leben?"

Meier folgte ihrem Blick. Das Kleinkind hatte es geschafft, sich aus dem Griff der Mutter zu winden, und trommelte jetzt begeistert auf dem Mülleimer herum. Die Mutter wirkte, als wäre sie kurz davor, das Kind direkt beim Arzt als Notfall abzugeben.

Meier schnaubte.

"Das ist doch kein Wettbewerb. Ich will einfach nur meinen Zettel abgeben, meine Diagnose abholen und wieder gehen."

"Und was sagst du dem Arzt dann? Dass dein Urlaub dich erledigt hat? Vielleicht schreibt er dir 'ne Krankschreibung wegen Strandkorb-Trauma."

Meier funkelte sie an.

"Ha, ha. Sehr witzig, Hildegard. Soll ich ihm auch gleich erzählen, dass du mich gezwungen hast, stundenlang durch die Dünen zu laufen, nur um 'nen Sonnenuntergang zu fotografieren, den wir nicht mal sehen konnten, weil's geregnet hat?"

Hildegard grinste noch breiter.

"Das war doch romantisch, Meier. Außerdem: Du warst derjenige, der 'ne Abkürzung genommen hat – direkt durch den Sumpf."

07:45 Uhr – Eskalation im Wartezimmer

Das Kleinkind hatte inzwischen genug vom Mülleimer und konzentrierte sich jetzt auf einen der Plastikstühle, den es mit einem Wachsmalstift bearbeitete. Die Mutter versuchte vergeblich, die künstlerische Entfaltung zu stoppen, während das Kind lautstark protestierte.

Meier verdrehte die Augen.

"Warum nehmen die Leute ihre Kinder mit zum Arzt? Das ist wie 'n tragbares Trommelfeuer."

"Sei froh, dass sie keine Saxophonstunde mitgebracht haben."

Hildegard wollte gerade weitersprechen, als ein älterer Mann an der Anmeldung erschien und lauthals verkündete:

"Ich hab einen Termin um acht! Warum dauert das so lange? Ich kann hier nicht sitzen bleiben, meine Prostata macht mir Druck!"

Das Wartezimmer verstummte für einen Moment, bevor einige gedämpfte Lacher zu hören waren. Meier lehnte sich zu Hildegard.

"Weißt du, der Typ hat wenigstens den Mut, das auszusprechen. Vielleicht sollte ich das auch machen. 'Entschuldigung, ich hab 'ne Kurzschlussreaktion im Rücken und knarrende Knie!'"

Hildegard stieß ihn mit dem Ellbogen an.

"Mach nur, Meier. Vielleicht schreibt dir die Sprechstundenhilfe auch gleich 'ne Packung Taschentücher auf Rezept, damit du dich ausheulen kannst."

Meier rollte die Augen.

"Ich heul nicht. Ich stelle fest. Das hier ist wie die Vorhölle."

08:15 Uhr – Spitze Kommentare

Ein weiterer Patient wurde aufgerufen. Die Nummer am Bildschirm sprang auf 23, und Meier sah auf seine 42. Sein Gesichtsausdruck verdüsterte sich zusehends.

"Die schaffen nie mehr als zwei Leute pro Stunde. Ich sitz hier noch, wenn die Praxis schließt."

"Ach, Meier. Vielleicht rufen sie dich bald vor, weil sie deinen gequälten Blick nicht mehr ertragen können. Du siehst aus, als hättest du dich hier verirrt und wartest auf 'ne Wegbeschreibung."

Ein junges Paar betrat das Wartezimmer, beide mit einem Stapel Unterlagen bewaffnet. Meier beobachtete sie skeptisch.

"Was machen die hier? Das sieht eher nach Steuererklärung als nach Arztbesuch aus."

"Vielleicht wollen sie dem Arzt gleich 'ne PowerPoint-Präsentation ihrer Beschwerden zeigen. Du solltest das auch mal probieren, Meier. Vielleicht verschreibt er dir dann was gegen deine schlechte Laune."

Meier schnaubte und verschränkte die Arme noch fester.

"Ich brauch nichts gegen schlechte Laune, Hildegard. Ich brauch 'ne Lösung für meinen Rücken."

"Na, dann sag das. Aber bitte mit 'nem Lächeln – sonst verschreibt er dir nur 'ne extra lange Wartezeit."

Mittwoch, 08:35 Uhr – Dr. Müller, der Endgegner

Die Tür zum Behandlungszimmer öffnete sich, und die freundliche Stimme der Arzthelferin rief:

"Herr Meier, bitte."

Meier erhob sich wie ein angeschlagener Boxer in der letzten Runde, ein genervtes "Na endlich!" entfloh ihm, während er mit sichtlichem Unmut humpelnd ins Behandlungszimmer ging. Hildegard folgte ihm, ihre Tasche in der Hand, und grinste über das ganze Gesicht.

"Musst du mitkommen?" fragte Meier und warf ihr einen scharfen Blick zu.

"Natürlich. Ich will sehen, wie der Doktor reagiert, wenn du ihm erklärst, dass du vom Urlaub einen Totalschaden hast. Das wird mein Highlight der Woche."

08:37 Uhr – Der erste Schlagabtausch

Dr. Müller, ein Mann mit einer minimalistischen Frisur und einer Ausstrahlung, die an einen Steuerprüfer erinnerte, saß hinter einem tadellos aufgeräumten Schreibtisch. Ohne ein Lächeln deutete er auf den Stuhl vor ihm.

"Herr Meier. Was kann ich für Sie tun?"

Meier ließ sich schwer in den Stuhl fallen und stöhnte, als sein Rücken ein lautes Knacken von sich gab.

"Mein Rücken ist im Eimer. Meine Knie machen Geräusche wie 'ne alte Tür, und mein Urlaub hat mich komplett ruiniert."

Dr. Müller zog ein Klemmbrett hervor und schrieb mit stoischer Miene ein paar Notizen.

"Urlaub? Wie genau hat der Ihnen geschadet?"

Bevor Meier antworten konnte, meldete sich Hildegard zu Wort, ihre Stimme voller süffisanter Freude.

"Oh, Herr Doktor, fragen Sie besser nicht. Es war kein Urlaub – es war eine Tortur. Erst 'n Sonnenbrand, dann 'ne Strandkorb-Schlacht und jeden Abend kilometerlanges Suchen nach Restaurants. Meier ist praktisch am Ende."

Dr. Müller hob die Augenbrauen.

"Sonnenbrand, Strandkorb und Restaurant-Stress? Klingt eher nach Abenteuertourismus als nach Erholung."

Meier drehte sich zu Hildegard und funkelte sie an.

"Musst du mich vor ihm bloßstellen? Ich hab Rückenprobleme, keine Midlife-Crisis!"

Hildegard grinste und lehnte sich zurück.

"Ach, Meier. Du brauchst keine Krise. Du bist eine."

Dr. Müller legte das Klemmbrett beiseite und stand auf.

"Na gut, Herr Meier. Lassen Sie uns mal schauen. Ziehen Sie bitte das Hemd aus."

Meier seufzte und begann, sich umständlich aus seinem Hemd zu schälen, während er leise fluchte.

"Das ist doch 'ne Qual. Das nächste Mal komm ich im Bademantel, dann spar ich mir das Drama."

"Das nächste Mal? Meier, wenn du hier weiter so jammerst, bist du vorher ein Fall für den Bestatter," kommentierte Hildegard trocken und zog demonstrativ an ihrem Schal.

Dr. Müller begann, Meiers Rücken abzutasten.

"Hm. Hier im unteren Bereich tut's weh, oder?"

"Weh ist untertrieben! Da fühlt es sich an, als hätte jemand 'nen Vorschlaghammer benutzt."

Dr. Müller nickte und drückte auf einen weiteren Punkt, woraufhin Meier laut aufstöhnte.

"Das ist Mord, kein Arztbesuch! Ich bin hier, um Hilfe zu bekommen, nicht um gefoltert zu werden."

"Herr Meier, das nennt sich Untersuchung. Wenn Sie hier so reagieren, sollten Sie vielleicht 'nen Kurs in Geduld machen."

Hildegard schüttelte den Kopf, während sie das Schauspiel beobachtete.

"Geduld? Herr Doktor, der Mann hat nicht mal genug Geduld, um 'ne Pizza im Ofen zu lassen, bis der Käse schmilzt."

Meier fuhr herum.

"Hör auf, mich vorzuführen, Hildegard! Ich bin hier das Opfer, nicht du!"

08:45 Uhr – Diagnose mit Pointe

Dr. Müller trat einen Schritt zurück, zog seine Brille ab und setzte sich wieder an den Schreibtisch.

"Also, Herr Meier, das sieht nach einer klassischen Überlastung aus. Rücken und Knie haben zu viel mitgemacht. Ich verschreibe Ihnen Physiotherapie. Drei Sitzungen die Woche für sechs Wochen sollten helfen."

Meier starrte ihn ungläubig an.

"Physiotherapie? Was soll das bringen? Ich brauch 'nen neuen Rücken, keinen Yoga-Kurs!"

"Yoga wäre tatsächlich nicht schlecht, Herr Meier. Sie könnten etwas mehr Flexibilität gebrauchen – und ich meine nicht nur körperlich."

Hildegard prustete vor Lachen.

"Na, Meier? Selbst der Arzt sagt, dass du 'nen Stock im Rücken hast – und das nicht im medizinischen Sinne."

Meier verdrehte die Augen und richtete sich mühsam auf.

"Physiotherapie. Super. Und was soll ich bis dahin machen? Mein Rücken gibt jeden Moment auf."

Dr. Müller lächelte leicht.

"Bis dahin? Gönnen Sie sich Ruhe. Urlaub sollte entspannen, nicht belasten."

Hildegard stand auf und klopfte Meier auf die Schulter.

"Hörst du, Meier? Du machst nicht mal Urlaub richtig. Vielleicht solltest du nächstes Jahr 'ne Fortbildung machen: 'Wie entspanne ich, ohne mich komplett zu ruinieren'."

Meier brummte und griff nach seinem Hemd.

"Das war der letzte Urlaub mit dir, Hildegard. Nächstes Jahr fahr ich allein in die Berge. Da gibt's keine Strandkörbe, keine Kurtaxe und vor allem keine dauernden Kommentare!"

Hildegard setzte sich ihre Sonnenbrille auf, obwohl sie drinnen war, und grinste.

"Allein in die Berge? Super Idee. Dann hör ich wenigstens endlich kein Gejammer mehr, wenn's mal regnet. Aber wehe, du bleibst im Hotel stecken, weil du dir beim Wandern die Knie ruiniert hast."

Dr. Müller schüttelte leicht den Kopf und tippte etwas in den Computer.

"Herr Meier, vergessen Sie die Rezepte nicht. Und denken Sie daran: Entspannung ist eine Kunst. Vielleicht lassen Sie das mit dem Abenteuerurlaub beim nächsten Mal."

Meier nickte nur wortlos, während Hildegard ihn mit einem spöttischen Grinsen nach draußen begleitete.

Mittwoch, 09:00 Uhr – Der letzte Schlag

Meier und Hildegard traten aus der Praxis, die frische Morgenluft fühlte sich an wie ein Spott auf Meiers angeschlagenen Rücken. Mit einem Stapel Rezepte in der Hand humpelte er Richtung Auto, während Hildegard stehen blieb, die Arme verschränkt und ein triumphierendes Lächeln im Gesicht.

"Weißt du, Meier, du bist echt 'n Arschloch. So typisch deutsch, wie du dich aufführst. Immer jammern, immer meckern – und trotzdem in der ersten Reihe stehen, wenn's was umsonst gibt."

Meier drehte sich langsam zu ihr um, mit hochgezogener Augenbraue und einem herausfordernden Grinsen.

"Weißt du, Hildegard, du bist wie ein Verkehrszeichen in der Wüste: unnötig und ständig im Weg."

Hildegard klatschte sarkastisch in die Hände, setzte ihre Sonnenbrille auf und schüttelte den Kopf.

"Ach, Meier. Das war 'n guter Versuch, aber der Unterschied zwischen dir und 'nem echten Deutschen ist: Die anderen schimpfen über die Bürokratie – du heiratest sie."

Meier öffnete den Mund, doch Hildegard schnitt ihm das Wort ab, indem sie auf die Beifahrertür deutete.

"Komm, steig ein. Du kannst auf der Fahrt nach Hause weiter philosophieren, warum die Welt gegen dich ist. Aber warte – für den Fall, dass du's wieder vergeigst: Vergiss nicht, dass dein größtes Talent nicht das Meckern ist, sondern das Verlieren."

Meier brummte nur, während Hildegard triumphierend ins Auto stieg. Der Wagen rollte los, und Hildegards Stimme schnitt wie ein Messer durch die Stille:

"Und weißt du, warum du so typisch deutsch bist, Meier? Weil du nie glücklich bist – selbst, wenn du Recht hast!"

Meier presste die Lippen zusammen, während im Hintergrund ein Radiosender „Ein bisschen Spaß muss sein" spielte.

Epilog: Typisch Deutsch – Ein Zustand, kein Zufall

Man sagt, „Typisch Deutsch" sei ein weltweiter Begriff. Etwas, das uns prägt, uns verbindet und uns in jedem Winkel des Globus sofort identifizierbar macht.

Doch seien wir ehrlich: „Typisch Deutsch" ist nicht nur ein Begriff – es ist ein Zustand.

Es ist der Zustand, bei dem die Schlange an der Kasse in Perfektion eingehalten wird, aber trotzdem jemand brummt, weil es zu lange dauert.

Es ist die Kunst, im Urlaub den besten Platz am Strand zu sichern – nur um sich dann stundenlang über die Kurtaxe aufzuregen.

Es ist der Moment, in dem man eine zweite Garage plant, weil der Nachbar angeblich zwei Zentimeter über die Grundstücksgrenze geparkt hat.

„Typisch Deutsch" ist das Streben nach Ordnung, das so weit geht, dass man im Chaos der Bürokratie mit Stolz seinen Papierkram abgibt, weil der Antrag immerhin korrekt ausgefüllt wurde. Es ist die Fähigkeit, über sich selbst zu lachen – solange niemand anders darüber lacht.

Es ist aber auch das unerschütterliche Streben nach Verbesserung. Egal wie absurd, wie kleinlich oder wie bürokratisch es erscheint, irgendwo tief drin glaubt jeder Deutsche: „Da geht noch was."

Vielleicht, liebe Leser, haben Sie sich in den Geschichten von Meier wiedererkannt. Vielleicht haben Sie geschmunzelt, gelacht oder den Kopf geschüttelt.

Aber seien Sie ehrlich – Sie kennen einen Meier. Vielleicht sind Sie sogar selbst ein Meier.

Und genau das macht „Typisch Deutsch" aus: Wir nehmen das Leben ernst, aber nicht zu ernst. Wir lieben Regeln, aber rebellieren dagegen. Und wir beschweren uns lauthals – nur um am Ende doch alles genauso zu machen wie immer.

Denn, wie Hildegard sagen würde:
"Deutschland – das einzige Land, wo man sich sogar beim Lachen an die Vorschriften hält."

Mit diesen Worten schließt sich das Buch. Und irgendwo, in einer kleinen Straße mit wohlgeordneten Hecken, sitzt Meier und plant seinen nächsten Urlaub. Natürlich perfekt organisiert – und mit dem festen Entschluss, diesmal alles anders zu machen.

In Verbundenheit,

Peter Grosche

Mehr vom Autor

Weitere Buchtitel von Peter Grosche finden Sie in jedem gutsortier-
ten Buchhandel, in über 1000 Online-Shops und auf der Autoren-
Webseite:

www.PeterGrosche.de

-   Kinderbücher:
    Zum Vorlesen und Selberlesen

-   Jugendbücher:
    Satire und Krimis

-   Für Erwachsene:
    Krimis und Thriller

-   Sachbuchbereich:
    Lehrhefte für Keyboard und Klavier

www.Keyoardlernen.de
www.Klavierspielen24.de